Sont parus dans cette collection :

1. *Croc-Blanc*
2. *La case de l'oncle Tom*
3. *Heidi, fille de la montagne*
4. *Robinson Crusoé*
5. *La petite princesse*
6. *Le dernier des Mohicans*
7. *L'île au trésor*
8. *Cosette*
9. *Le tour du monde en 80 jours*
10. *Les petites filles modèles*
11. *Les malheurs de Sophie*
12. *Les quatre filles du Dr. March*
13. *Robin des bois*
14. *Moby Dick*
15. *20.000 lieues sous les mers*
16. *Le Corsaire Rouge*
17. *Le Capitaine Fracasse*
18. *La jeunesse de Heidi*
19. *La flèche noire*
20. *Le petit Lord*
21. *Un bon petit diable*
22. *La petite Fadette*
23. *Les lettres de mon moulin*
24. *Cinq semaines en ballon*
25. *Don Quichotte*
26. *Oliver Twist*
27. *Fantine*
28. *Les trois mousquetaires*
29. *La tulipe noire*
30. *Ivanhoé*
31. *L'appel de la forêt*
32. *Jane Eyre*
33. *Les deux nigauds*
34. *La mare au diable*
35. *Heidi, jeune fille*
36. *Les patins d'argent*
37. *Kazan*
38. *David Copperfield*
39. *La sœur de Gribouille*
40. *Heidi, maman*
41. *Le bossu*
42. *La petite Dorrit*
43. *Le chevalier de Lagardère*
44. *Maroussia*
45. *Les mémoires d'un âne*
46. *Gavroche*
47. *Les cinq sous de Lavarède*
48. *L'auberge de l'ange gardien*
49. *Voyage au centre de la Terre*
50. *Notre-Dame de Paris*
51. *Le général Dourakine*
52. *Jean Valjean*
53. *Heidi, petite-fille de Heidi*
54. *Les vacances*
55. *Sissi*
56. *Les douze travaux d'Hercule*
57. *Le Comte de Monte-Cristo I*
58. *Le Comte de Monte-Cristo II*
59. *Tom Sawyer*
60. *Heidi et l'enfant sauvage*
61. *La légende de Mulan*
62. *La quête du Graal*
63. *François le bossu*
64. *Buffalo Bill*
65. *Sans famille I*
66. *Sans famille II*
67. *Le roman de la momie*
68. *Michel Strogoff I*

FRANÇOIS LE BOSSU

d'après la Comtesse de Ségur

Adaptation de Denis Riguelle
Illustrations de Marcel Laverdet

Éditions HEMMA

Chapitre I

LE COMMENCEMENT D'UNE AMITIÉ

Christine était venue passer la journée chez sa cousine Gabrielle ; elles travaillaient toutes deux avec ardeur, pour habiller une poupée que Mme de Cémiane, mère de Gabrielle et tante de Christine, venait de lui donner ; elles avaient taillé une chemise et un jupon, lorsqu'un domestique entra.

— Mesdemoiselles, Mme de Cémiane vous demande au jardin, sur la terrasse couverte. Il y a un monsieur avec Madame.

CHRISTINE. — C'est ennuyeux, je ne pourrai pas habiller ma poupée, qui est nue et qui a froid.

GABRIELLE. — Que veux-tu ? Il faut bien y aller !

CHRISTINE. — Moi, seule à la maison, je ne pourrai pas l'habiller ; je ne sais pas travailler. Mon Dieu ! que je suis malheureuse de ne savoir rien faire.

GABRIELLE. — Pourquoi ne demanderais-tu pas à ta bonne de lui faire une robe ?

CHRISTINE. — Ma bonne ne voudra pas : elle ne fait jamais rien pour m'amuser.

GABRIELLE. — Et si je t'en faisais une ? Je crois que je saurais ; j'essayerai toujours. Mais pas tout de suite car maman nous attend, dépêchons-nous.

Christine embrassa Gabrielle, qui l'entraîna hors de la chambre ; elles arrivèrent en courant à une allée couverte où se promenait leur maman avec un monsieur et un petit garçon qui était un peu en arrière.

Gabrielle et Christine le regardèrent avec surprise. Il était un peu plus grand qu'elles ; sa figure était jolie, ses yeux doux et intelligents, il avait une physionomie très agréable, mais l'air craintif et embarrassé.

Christine s'approcha, lui prit la main :

— Viens, mon petit, jouer avec nous ; veux-tu ?

L'enfant ne répondit pas ; il regarda d'un air timide Gabrielle et Christine. Les fillettes lui demandèrent pourquoi il ne venait pas avec elles.

— Parce que j'ai peur que vous ne vous moquiez de moi, comme les autres.

— Nous moquer de toi ? Et pourquoi cela ? Je te vois, mais je ne comprends pas pourquoi on se moque de toi. Et toi, Christine, vois-tu quelque chose ?

CHRISTINE. — Non, je ne vois rien.

Le petit garçon s'étonna qu'elles acceptent de jouer avec lui. Il semblait si heureux que les fillettes se sentirent aussi heureuses. M. de Nancé poussa une exclamation joyeuse :

— Ah ! les bonnes petites filles ! Ce sont les vôtres, madame ? Elles veulent bien embrasser mon pauvre François ! Il en a l'air tout heureux !

MME DE CÉMIANE. — Pourquoi donc paraissez-vous surpris que ma fille et ma nièce accueillent bien votre petit François ? Je m'étonnerais du contraire.

M. de Nancé expliqua que l'enfant souffrait d'une infirmité qui le rendait timide et qu'il était habitué aux railleries de tous les enfants.

Gabrielle et Christine tenaient chacune une main du petit garçon qu'elles faisaient courir, et qui riait de tout son cœur de cette course forcée. Elles demandèrent pourquoi personne ne jouait avec lui puisqu'elles le trouvaient très gentil.

M. de Nancé expliqua qu'il était devenu bossu à la suite d'une chute et qu'il existe des gens assez méchants pour se moquer des bossus, ce qui est très mal.

Les fillettes cherchèrent alors la bosse de François, lorsque Christine s'écria :

— Voilà ! je la vois ! C'est là, sur le dos ! Vois-tu, Gabrielle ?

GABRIELLE. — Oui, je vois ; mais ce n'est rien du tout. Pauvre garçon ! tu croyais que nous nous moquerions de toi ? Ce serait bien méchant ! Tu n'as plus peur, n'est-ce pas ? Comment t'appelles-tu ? Où est ta maman ?

— Je m'appelle François ; maman est morte, je ne l'ai jamais vue ; et voilà papa avec votre maman.

M. de Nancé embrassa à plusieurs reprises Gabrielle et Christine tant elles étaient bonnes pour son fils, et il alla rejoindre Mme de Cémiane. Les enfants, de leur côté, entrèrent dans le bois pour ramasser des fraises.

Ils firent plus ample connaissance, échangèrent leurs prénoms, leurs âges.

GABRIELLE. — Moi j'ai sept ans, tandis que Christine, ma cousine, a six ans. Et toi ?

FRANÇOIS. — Moi, j'ai déjà dix ans.

GABRIELLE. — C'est comme Bernard, mon frère. Il est très bon. Pour l'instant, il prend une leçon chez M. le curé.

FRANÇOIS. — Avant, je ne demeurais pas ici ; papa était en Italie pour ma santé ; les médecins disaient que je deviendrais droit et grand en Italie ; et, au contraire, je suis plus bossu qu'avant, ce qui me chagrine beaucoup.

Les fillettes embrassèrent François, puis tous trois se mirent à cueillir des fraises. Ensuite, ils décidèrent de s'asseoir à l'ombre des arbres pour manger ces fraises. Gabrielle et Christine en donnèrent beaucoup à François.

Les enfants finissaient de manger et ils sortaient du bois quand ils virent arriver un jeune homme de dix-huit à vingt ans qui tenait son chapeau à la main, et qui saluait à chaque pas en s'approchant des enfants. Les enfants le regardaient et ne disaient rien car ils ne le connaissaient pas. Quand l'étranger les salua, Gabrielle prit la main de Christine et se mit à courir en criant :

— Maman, maman, un monsieur !

Elles ne tardèrent pas à rencontrer Mme de Cémiane et M. de Nancé qui les avaient entendues crier, et qui accouraient aussi. Ils coururent vers François qui était debout, tout souriant face à l'étranger, qui se mit à saluer.

Il expliqua qu'il avait reçu une lettre d'invitation de la part de M. de Cémiane et qu'il s'appelait Paolo Perroni. Mme de Cémiane parcourut la lettre des yeux puis déclara que ce n'était pas l'écriture de son mari, que c'était un tour que des amis lui avaient joué, mais qu'il pouvait rester dîner.

Le jeune homme raconta ensuite qu'il était médecin, italien, qu'il avait échappé à un affreux massacre au village de Liepo, qu'il défendait avec deux cents jeunes Milanais. Tous ses amis furent tués ; il avait rampé longtemps pour se sauver, puis, parvenu dans les bois, il s'était mis à courir. Il était ensuite arrivé en France, mais il n'y connaissait personne. Des camarades lui avaient donné cette lettre et il était venu jusqu'ici à pied.

Mme de Cémiane écoutait avec attention ; M. de Nancé regardait le pauvre Italien avec un air de profonde pitié et lui demanda où étaient ses parents. Le jeune homme répondit que ses parents, ainsi que ses sœurs, ses frères et ses amis, avaient été tués par les féroces Autrichiens ; tout était brûlé.

M. DE NANCÉ. — Pauvre jeune homme, sans parents, sans patrie, sans fortune ! Mais il faut avoir du courage. Tout s'arrangera avec l'aide de Dieu ; ayons confiance. Vous voyez, vous êtes chez Mme de Cémiane sans savoir comment. C'est un commencement de protection. Tout ira bien.

Le pauvre Paolo ne dit plus rien jusqu'au retour au château. Les enfants restèrent un peu en arrière pour ne pas se trouver trop près de ce Paolo qui inspirait aux petites filles une certaine terreur, car elles n'avaient pas compris ce que ce jeune homme racontait avec colère.

FRANÇOIS. — Moi, je comprends. Ce sont les Autrichiens qui tuent les pauvres Italiens, et qui brûlent tout, et qui ont tué les parents et les sœurs de cet homme et ont brûlé sa maison. Comprends-tu, Christine ?

CHRISTINE. — Oui, car tu expliques très bien, mais je ne comprends pas tout.

GABRIELLE. — Ce n'est pas ta faute si tu es bête et que tu ne comprends rien. Tu sais bien que ta maman dit toujours que tu es bête comme une oie.

Christine baissa la tête tristement et se tut. François s'approcha d'elle et lui dit en l'embrassant :

FRANÇOIS. — Non, tu n'es pas bête, ma petite Christine. Ne crois pas ce que te dit Gabrielle.

CHRISTINE. — Tout le monde me dit que je suis laide et bête, je crois qu'ils disent vrai.

GABRIELLE. — Pardon, ma pauvre Christine, je ne voulais pas te faire de peine ; j'en suis fâchée ; tu n'es pas bête ; pardonne-moi, je t'en prie.

La cloche sonna pour le dîner, et les enfants coururent à la maison pour se nettoyer et arranger leurs cheveux.

Le dîner se passa gaiement, grâce à l'aventure de l'Italien, que Mme de Cémiane avait présenté à son mari, et à l'appétit du pauvre Paolo, qui ne se laissait pas oublier. Durant le repas, Paolo, riant, s'étrangla avec un morceau trop gros de gigot ; François, voyant sa détresse, précipita ses doigts dans la gorge du malheureux afin d'extraire le morceau.

PAOLO. — Bon signorino ! Pauvre petit ! tou m'as sauvé la vie, et moi zé té ferai grand comme ton père. Quoi c'est ça ? ajouta-t-il en passant sa main sur la bosse de François. Pas beau, pas zoli. Zé souis médecin, tout partira. Sera droit comme papa.

Et il se mit à manger sans plus parler à personne ; il se garda de rire jusqu'à la fin du dîner.

Bernard avait fait connaissance avec François pendant le dîner. Il apprit que François aussi allait chez le curé pour apprendre le latin.

Peu de temps après qu'on fut sorti de table, on vint annoncer à Christine que sa bonne venait la chercher pour la ramener à la maison. Christine lui fit demander si elle pouvait rester encore un quart d'heure chez sa cousine, pour emporter sa poupée vêtue de la robe que lui faisait Gabrielle ; mais, habituée à la sévérité de sa bonne, elle se disposa à partir et à dire adieu à sa tante et à son oncle, de peur de ne plus pouvoir venir.

François et Bernard voulurent l'embrasser ; ils n'en

eurent pas le temps ; la bonne entra dans le salon. Christine demanda vite à Gabrielle de garder sa poupée et de finir la robe pour sa prochaine visite. La pauvre Christine tremblait ; elle craignait beaucoup sa bonne, qui était injuste et méchante. La bonne la poussa dans la carriole qui venait la chercher, y monta elle-même ; la carriole partit.

Christine pleurait tout bas ; la bonne la grondait, la menaçait en allemand, car elle était Allemande.

LA BONNE. — Je dirai à votre maman que vous avez été méchante ; vous allez voir comme je vous ferai gronder.

CHRISTINE. — Je vous assure, ma bonne, que je suis venue tout de suite. Je vous en prie, ne dites pas à maman que j'ai été méchante ; je n'ai pas voulu vous désobéir, je vous assure. Ce n'est pas vrai.

LA BONNE. — Allez-vous bientôt finir vos pleurnicheries ? Plus vous serez méchante et maussade, plus j'en dirai.

Christine essuya ses yeux, retint ses sanglots, étouffa ses soupirs, et, après une demi-heure de route, ils arrivèrent au château des Ormes, où demeuraient les parents de Christine. La bonne la fit entrer au salon. Christine n'osait pas parler. Mme des Ormes leva la tête.

— Approchez, Christine ; pourquoi restez-vous à la porte comme une coupable ? Mina, est-ce que Christine a été méchante ?

MINA. — Comme à l'ordinaire, madame. Mademoiselle Christine ne m'écoute jamais... Elle ne voulait pas revenir ; après m'avoir fait longtemps attendre, elle se débattait encore pour rester avec sa cousine ; il a fallu que je l'entraînasse de force.

MME DES ORMES. — Vous m'aviez promis d'être sage, Christine ?

CHRISTINE. — Je... vous assure... maman... que j'ai été... sage... répondit la fillette en sanglotant.

MME DES ORMES. — Vous n'allez pas encore mentir comme vous faites toujours ! Vous voulez donc le fouet ?

M. des Ormes, qui n'avait rien dit jusque-là, s'approcha de sa femme et lui dit :

— Ma chère, je demande grâce pour Christine. Si elle a été désobéissante, elle ne recommencera pas... Avec nous, Christine est toujours parfaitement sage ; elle obéit très bien.

Mme des Ormes questionna Christine, malgré l'humeur visible de Mina, dont M. des Ormes examinait la physionomie fausse et méchante.

Mme des Ormes finit par douter de la culpabilité de Christine, qu'elle remit à Mina pour la faire coucher, en lui recommandant de ne pas la gronder. Quand M. des Ormes fut seul avec sa femme, il lui dit :

— Vous êtes sévère pour cette pauvre enfant, vous croyez trop aux accusations de cette bonne, qui se plaint pour un rien. Mina ne m'inspire aucune confiance ; je l'ai surprise déjà plus d'une fois à mentir ; et, de plus, je crois qu'elle déteste cette petite. Christine a une peur affreuse de cette Mina ! De grâce, mettez-y plus de soin et de surveillance.

MME DES ORMES. — Avec Mina, Christine est toujours maussade et désagréable. Oh ! je vous en prie, parlons d'autre chose. Ce sujet m'impatiente.

M. des Ormes soupira, quitta le salon, et, curieux de voir ce que faisait Mina, il alla voir si Christine se consolait ; il entra chez elle et la trouva dans son lit, seule ; elle pleurait tout bas.

M. DES ORMES. — Où est ta bonne, Christine ?

CHRISTINE. — Elle est sortie, papa.

M. DES ORMES. — Comment ? Elle te laisse toute seule !

CHRISTINE, *avec effroi.* — Toujours quand je suis couchée, mais ne l'appelez pas, je vous en prie, papa.

M. DES ORMES. — Pourquoi as-tu peur d'elle ?

Christine ne répondit pas. Son père insista et elle dit qu'elle ne savait pas. Il quitta sa fille, mais sa conscience lui reprochait son insouciance pour elle et le peu de soin qu'il prenait de son bien-être, sa femme ne s'en occupant pas du tout. Quand il rentra au salon, il trouva Mme des Ormes d'assez mauvaise humeur ; il ne lui reparla plus de Christine ni de Mina, mais il forma le projet de surveiller la bonne et de la faire partir à la première méchanceté ou calomnie dont elle se rendrait coupable.

Chapitre II

DEUX ANNÉES QUI FONT DEUX AMIS

Peu de jours après, M. des Ormes fut appelé à Paris pour une affaire importante ; il aurait désiré y aller seul, mais sa femme voulut absolument l'accompagner, disant qu'elle avait à faire des emplettes indispensables ; elle se rendit en toute hâte chez sa belle-sœur de Cémiane pour lui annoncer son départ. Elle expliqua également qu'elle n'emmenait qu'une femme de chambre et un domestique car Christine resterait au château avec sa bonne.

MME DES ORMES. — Mina est ferme, mais très bonne. Christine a besoin d'être menée un peu sévèrement ; elle est raisonneuse, impertinente même, et toujours prête à résister.

MME DE CÉMIANE. — Je ne l'aurais pas cru ; elle paraît si douce, si obéissante ! Je la ferai venir souvent chez moi pendant votre absence, n'est-ce pas ?

MME DES ORMES. — Tant que vous voudrez, ma chère ; pourvu qu'elle reste établie aux Ormes avec sa bonne. Adieu, je me sauve, je pars demain !

Mme des Ormes rentra, s'occupa de ses paquets, recommanda à Mina de mener souvent Christine chez sa tante de Cémiane et partit le lendemain.

Cette absence devait être de quinze jours ; elle se prolongea de mois en mois pendant deux ans, à cause d'un voyage à la Martinique que dut faire M. des Ormes, qui avait placé là une grande partie de sa fortune. Pendant ces deux ans, les Cémiane et M. de Nancé ne quittèrent pas la campagne, heureusement pour Christine, qui voyait sans cesse Gabrielle, Bernard et leur ami François. Christine conçut une amitié très vive pour François, dont la bonté et la complaisance la touchaient et lui donnaient le désir de l'imiter. Elle allait souvent passer des mois entiers chez sa tante, qui avait pitié de son abandon. Mina était hypocrite aussi bien que méchante mais Christine n'en parlait jamais, parce qu'elle était menacée de terribles punitions si elle s'avisait de se plaindre à ses cousins ou à d'autres.

Paolo aimait et protégeait Christine ; il aimait aussi François, auquel il donnait à présent des leçons de musique et d'italien, ce qui lui faisait gagner cinquante francs par mois, somme considérable dans sa position, et suffisante pour le faire vivre. Il avait aussi quelques malades qui l'appelaient. Il passait des semaines entières chez M. de Nancé. Ces deux années se passèrent donc heureusement pour tous nos amis.

M. et Mme des Ormes annoncèrent enfin leur retour pour le mois de juillet. L'entrevue avec Christine ne fut pas attendrissante ; son père et sa mère l'embrassèrent sans émotion, la trouvèrent très grande et embellie ; elle avait huit ans, avec la raison et l'intelligence d'un enfant de dix ans pour le moins. Son instruction ne recevait pas le même développement ; Mina ne lui apprenait rien ; Christine avait appris à lire presque seule, aidée de Gabrielle et de François, mais elle n'avait de livres que ceux que lui prêtait Gabrielle ; François ignorait son dénuement, sans quoi il lui eût donné toute sa bibliothèque.

Le lendemain du retour de M. et Mme des Ormes, ils reçurent une invitation de Mme de Cémiane, qui leur demandait de venir passer la journée suivante avec eux et d'emmener Christine. Elle disait qu'elle leur présenterait un voisin de campagne, M. de Nancé et un médecin italien.

MME DES ORMES. — Je suis bien aise que votre sœur fasse quelques nouvelles connaissances dans le voisinage ; nous en profiterons et nous les engagerons à dîner pour la semaine prochaine.

M. des Ormes prévint la bonne qu'ils emmèneraient

Christine avec eux le lendemain. Les yeux de Christine brillèrent ; elle eut de la peine à contenir sa joie, mais la présence de la bonne arrêta tout signe extérieur de satisfaction. La journée lui parut interminable ; le lendemain elle s'éveilla de bonne heure ; sa bonne dormit tard, et la pauvre Christine attendit deux grandes heures le réveil de Mina. La certitude d'avoir une journée de liberté mit la bonne de belle humeur ; elle ne brusqua pas trop Christine, ne lui arracha par les cheveux en la peignant, ne lui mit pas trop de savon dans les yeux en la débarbouillant. La matinée s'avançait, personne ne venait chercher Christine ; elle commençait à s'inquiéter, surtout quand elle entendit les allées et venues qui annonçaient le départ, et enfin le bruit de la voiture devant le perron. Ses yeux se mouillaient, lorsque la porte s'ouvrit, et M. des Ormes entra en s'étonnant de voir des larmes dans les yeux de sa fille. Christine lui dit qu'elle avait eu peur d'être oubliée.

M. des Ormes prit Christine dans ses bras et voulut la mettre dans la voiture, près de sa mère.

MME DES ORMES. — Mettez-la sur le siège ; elle va chiffonner ma jolie robe ou elle la salira avec ses pieds.

M. des Ormes plaça Christine sur le siège, près du cocher, en lui recommandant de faire bien attention à elle.

LE COCHER. — Que monsieur soit tranquille, j'y veillerai, elle est si mignonne, si douce, pauvre petite ; ce serait bien dommage qu'il lui arrivât quelque chose.

Christine n'avait pas dit un mot tout ce temps ; elle osait à peine respirer, tant elle avait peur d'augmenter l'humeur de sa mère et d'être laissée à la maison. Quand la voiture partit, elle poussa un soupir de satisfaction.

LE COCHER. — Pauvre petite mam'selle ! votre bonne vous rend la vie dure tout de même.

CHRISTINE. — Taisez-vous, je vous en prie, bon Daniel, si ma bonne le savait ! Maintenant, je vais voir Gabrielle, qui est si bonne, et le petit François et mon cousin Bernard que j'aime tant ! Je suis heureuse, très heureuse, je vous assure.

— Aujourd'hui, dit Daniel en lui-même, mais demain ce sera autre chose.

Christine ne parla plus, elle songea avec bonheur à la bonne journée qu'elle allait passer. On ne tarda pas à arriver. Aussitôt, Gabrielle et Bernard se précipitèrent à la rencontre de leur cousine.

GABRIELLE. — Viens vite, j'ai habillé une poupée comme une mariée ; viens voir comme elle est jolie ! Elle est pour toi.

Christine se laissa aller à la joie ; Gabrielle et Bernard l'emmenèrent dans leur chambre, où elle trouva sa poupée étendue sur un joli petit lit et habillée en robe de mousseline blanche. Christine ne cessait de remercier Gabrielle et Bernard aussi, qui avait travaillé avec le menuisier au petit lit de la poupée. François ne tarda pas à rejoindre ses amis ; Christine lui témoigna sa joie de le revoir. Pendant que son cœur se dilatait et que sa langue se déliait, Mme des Ormes faisait la gracieuse avec M. de Nancé que lui avait présenté Mme de Cémiane, et l'Italien qui saluait et qui faisait son possible pour plaire à Mme des Ormes, afin d'avoir une connaissance de plus ; il cherchait des occasions de lui être agréable.

Le valet de chambre annonça :

— Madame la comtesse est servie !

Chacun se dirigea vers la salle à manger. Mme des Ormes regardait souvent Christine et la reprenait du geste et de la voix :

— Tu manges trop, Christine ! N'avale donc pas si gloutonnement ! Tu prends de trop gros morceaux...!

Christine rougissait, ne disait rien ; François, qui était près d'elle, la voyant prête à pleurer, après une dixième observation, ne put s'empêcher de répondre pour elle :

— C'est parce qu'elle a très faim, madame ; d'ailleurs, elle ne mange pas beaucoup ; elle coupe ses bouchées aussi petites que possible.

Mme des Ormes ne connaissait pas François ; elle le regarda d'un air étonné.

MME DES ORMES. — Qui êtes-vous, mon petit chevalier, pour prendre si vivement la défense de Christine ?

FRANÇOIS. — Je suis son ami, madame, et je la défendrai toujours de toutes mes forces, et j'ai mon papa pour soutien, si j'en ai besoin.

MME DES ORMES. — Oh ! Oh ! voudriez vous me

livrer bataille, par hasard ? Et où est-il, votre papa, mon petit Ésope ?

M. DE NANCÉ, *d'une voix grave et sévère.* — Près de vous, madame.

MME DES ORMES. — Comment ? ce petit... cet aimable enfant ?

M. DE NANCÉ. — Oui, madame, ce petit Ésope, comme vous venez de le nommer, est mon fils, j'ai l'honneur de vous le présenter.

MME DES ORMES. — Je suis désolée... je suis charmée !... Je regrette... de ne pas l'avoir su plus tôt.

M. DE NANCÉ. — Vous lui auriez épargné cette nouvelle humiliation, n'est-ce pas, madame ? Pauvre enfant ! il en a tant supporté ! Il y est plus fait que moi !

FRANÇOIS. — Papa, je vous en prie. Je vous assure que cela m'est égal ! Je suis si heureux ici ! Je les aime tant !

— Et nous aussi, nous t'aimons tant, mon bon François, dit Christine à mi-voix en lui serrant la main dans les siennes.

BERNARD. — Et partout, toujours, nous nous défendrons l'un l'autre, n'est-ce pas, François ?

Tout à coup Paolo se leva, étendit le bras et dit d'une voix solennelle :

— Écoutez tous ! Écoutez-moi. Zé dis et zé zoure qué lorsque cet enfant aura vingt et oune ans, il sera aussi grand, aussi belle que son signor padre. C'est moi qui lé ferai parce que l'enfant est bon... et que zé l'aime.

M. DE NANCÉ. — C'est la seconde fois que vous me faites cette bonne promesse ; mais si vous pouvez réellement redresser mon fils, pourquoi ne le faites-vous pas tout de suite ?

PAOLO. — Patience, signor mio, zé souis médecin. À présent, impossible, l'enfant grandit ; à dix-huit ou vingt ans, c'est bon ; mais avant, mauvais.

M. de Nancé soupira et sourit en regardant son fils, dont le visage exprimait le bonheur et la gaieté. Le déjeuner était fort avancé. Bernard demanda à sa mère s'il pouvait sortir de table avec Gabrielle, Christine et François. La permission fut accordée, et les enfants disparurent dans le jardin.

CHRISTINE. — Mon bon François, comme je te remercie d'avoir pris ma défense ! Je ne savais plus comment faire pour manger comme maman voulait. Ensuite j'ai eu du chagrin quand maman a eu l'air de se moquer de toi.

FRANÇOIS. — Je voyais bien que tu n'osais plus manger, que tu avais envie de pleurer. Et tu sais, je suis habitué d'entendre rire de moi. Je suis habitué, mais quand papa est là, je suis fâché parce qu'il est toujours triste quand il entend se moquer de moi ; il m'aime tant.

BERNARD. — Oh oui ! il est bien meilleur que ma tante des Ormes, qui n'aime pas du tout la pauvre Christine.

CHRISTINE. — Je t'assure, Bernard, que tu te trompes. Maman m'aime ; seulement, elle n'a pas le temps de s'occuper de moi, parce qu'il faut qu'elle fasse des visites, qu'elle s'habille, qu'elle essaye des robes ! Et puis elle a des personnes qui viennent la voir ! Et ils sortent ensemble ! Et encore d'autres choses.

FRANÇOIS. — Et toi, que fais-tu pendant ce temps ?

CHRISTINE. — Je reste avec ma bonne ; et c'est ça qui est terrible ! Elle est si méchante, ma bonne. Si je le dis à maman, elle dira des mensonges et je serai punie et grondée parce que maman croit toujours ma bonne.

FRANÇOIS. — Alors, moi je vais le dire à papa pour qu'il le dise à ta maman.

— Non, non, François ! s'écria Christine, je t'en prie, ne dis rien, ma bonne me gronderait et me battrait bien plus, et maman ne me croirait pas. Je t'en parle à toi, parce que je t'aime plus que tout le monde. Quand je viens ici, je suis très heureuse.

FRANÇOIS. — Mon papa trouve ta maman très élégante, et il n'aime pas cela, tandis qu'il dit que ta tante et ton oncle sont très bons, ils ne font pas d'élégance : ils reçoivent simplement et sans toilette.

Bernard et Gabrielle, qui s'étaient éloignés, revinrent.

— Si nous commencions la pêche aux écrevisses ? proposa Bernard.

FRANÇOIS. — Voici justement M. Paolo ; il pourrait nous aider.

Tous coururent chercher ce qu'il leur fallait, et revinrent près du ruisseau ; Paolo allait et venait, déployait les pêchettes, les mettait à l'eau.

Paolo tendit une pêchette à Bernard qui la prit et la plaça, contre l'avis de Paolo, avec deux autres dans un recoin où venaient se réfugier quelques écrevisses.

Pendant que Bernard arrangeait ses pêchettes, Paolo restait immobile, un peu mécontent. François et Christine s'aperçurent de son embarras, et s'approchèrent de lui.

FRANÇOIS. — Mon cher monsieur Paolo, prenons les quatre pêchettes qui restent, et allons les mettre près de ce rocher où vous vouliez mettre les autres ; je suis sûr qu'il y a des écrevisses par là.

PAOLO. — Vous croyez ?

Paolo sourit et saisit les pêchettes oubliées ; il les arrangea, les plaça très habilement et attendit les écrevisses. Bernard leva sa pêchette en criant d'un air triomphant :

— J'en ai trois !

PAOLO, *d'une voix retentissante.* — Z'en ai dix-huit et des souperbes !

BERNARD. — Dix-huit ! Près de ce rocher ? Pas possible !

CHRISTINE, *à Gabrielle.* — Voilà ! Bernard a eu tort de faire de la peine à ce brave M. Paolo.

Et elle lui dit encore :

— Gabrielle, aimes-tu François ?

— Oui, mais je ne voudrais pas être comme lui.

CHRISTINE. — Et moi, je le trouve si bon, que je l'aime cent fois plus que Maurice et Adolphe de Sibran, qui sont si beaux.

GABRIELLE. — Pas moi, par exemple ; François est bon, c'est vrai ; mais quand il y a du monde, je suis honteuse de lui.

CHRISTINE. — Moi, jamais je ne serai honteuse de François, et je voudrais être sa sœur pour pouvoir être toujours avec lui.

— Je serais bien fâchée d'avoir un frère bossu !

— Et moi, je serais bien heureuse d'avoir un frère si bon.

PAOLO, *qui s'était approché d'elles.* — Signorina Christina dit bien, fait bien et pense bien.

GABRIELLE. — C'est vilain d'écouter, monsieur Paolo ! Vous m'avez fait peur.

PAOLO, *avec malice.* — On a toujours peur quand on dit mal, signorina.

GABRIELLE. — Je n'ai rien dit de mal. Vous n'allez pas raconter tout cela à François, j'espère.

François appela :

— Monsieur Paolo, venez m'aider, je vous prie, à prendre les écrevisses et les mettre dans une terrine couverte. J'ai besoin de vous.

PAOLO. — Est-ce l'ounique raison ? il y a autre chose, zé serai discret... dites le vrai.

FRANÇOIS. — Eh bien, c'est parce que Gabrielle était embarrassée que vous la tourmentiez...

PAOLO. — Vous avez entendu ce qu'elles ont dit ?

FRANÇOIS. — Oui ; il ne faut pas qu'elles le sachent.

La pêche continua quelque temps, pêche miraculeuse, grâce à Paolo et à François, qui saisissaient les écrevisses au passage. La journée s'acheva très heureusement pour tout le monde ; Mme des Ormes, enchantée d'avoir deux personnes de plus à inviter, fut charmante pour M. de Nancé, qu'elle engagea à venir dîner chez elle le surlendemain avec François ; M. de Nancé allait refuser, quand il vit le regard inquiet et suppliant de son fils ; il accepta à la grande joie de Christine et de son ami François. Mme des Ormes invita Paolo, qui salua jusqu'à terre pour témoigner sa reconnaissance. M. et Mme de Cémiane promirent aussi de venir avec Bernard et Gabrielle. Christine était si contente de sa journée, qu'elle ne pensa à sa bonne qu'en descendant de voiture ; heureusement, la bonne n'était pas rentrée et Christine, aidée de la femme de Daniel, eut le temps de se déshabiller, de se coucher et de s'endormir avant le retour de Mina.

Chapitre III

ATTAQUE ET DÉFENSE

Le lendemain, sa vie de misère recommença ; habituée à souffrir et à se taire, elle se consola par la pensée du dîner du lendemain. Mme des Ormes fut très agitée le jour du dîner ; elle avait une toilette élégante à préparer, une coiffure nouvelle à essayer, les apprêts du dîner à surveiller ; elle craignait que quelque chose ne fût pas bien ; elle fit une douzaine de descentes à la cuisine. Son mari la suppliait de ne pas tant s'agiter et de laisser faire les domestiques.

MME DES ORMES. — Laissez-moi tranquille, ces domestiques sont bêtes et insupportables ; ils ne comprennent rien ; si je n'étais pas là, tout serait ridicule et affreux.

M. DES ORMES. — Mais pourquoi tout ce train pour un dîner de famille ?

Mme des Ormes s'écria :

— De famille ? Vous appelez famille M. de Nancé et son fils, M. et Mme de Sibran et leurs fils, M. Paolo, M. et Mme de Guilbert et leurs filles !

M. DES ORMES, *étonné.* — Comment ! Vous avez invité tout ce monde !

MME DES ORMES. — Certainement ! Je ne veux pas faire dîner M. de Nancé seulement avec nous et avec votre sœur et son mari.

M. DES ORMES. — Je crois qu'il l'aurait aimé mieux que de se trouver avec un tas de gens fort peu agréables et qu'il n'a jamais vus.

M. des Ormes leva les épaules et rentra dans sa chambre pour oublier, à l'aide d'une mélodie écorchée sur son violon, les bizarreries de sa femme.

Christine, qui n'avait pas autant d'embarras de toilette que sa mère, fut prête de bonne heure, et vit arriver, peu d'instants après, les invités.

Mme des Ormes fit son apparition au salon dans une toilette resplendissante qui surprit toute la société. M. et Mme de Cémiane souffraient du ridicule qu'elle se donnait ; les autres s'en amusaient. Pendant ce temps, les enfants, au nombre de huit, s'amusaient et causaient dans un salon à côté. Maurice et Adolphe de Sibran examinaient avec une curiosité moqueuse le pauvre François, qu'ils ne connaissaient pas encore ; Hélène et Cécile de Guilbert chuchotaient avec eux et jetaient sur François des regards dédaigneux.

MAURICE, *à Bernard.* — Qui est ce drôle de petit bossu ?

BERNARD. — C'est un ami que nous voyons depuis deux ans environ, et qui est très bon.

MAURICE. — Bon garçon, j'en doute ; les bossus sont toujours méchants ; aussi il faut les écraser avant qu'ils vous écorchent.

BERNARD. — Celui-ci ne vous mordra pas, je vous répète qu'il est très bon.

Maurice et Adolphe partirent faire connaissance avec François.

MAURICE et ADOLPHE. — Bonjour, mon petit ; vous êtes bien gentil, et je pense que vous savez déjà parler.

François regarda d'un air étonné et ne répondit pas.

MAURICE. — Je ne sais pas votre nom, mais je le devine sans peine ; vous êtes sans doute parent d'un homme charmant qui s'appelait Ésope et qui est très célèbre par une excroissance qu'il avait sur le dos.

FRANÇOIS, *en souriant.* — Et sur la poitrine aussi, et vous savez sans doute, messieurs, puisque vous êtes si savants, que son esprit est aussi célèbre que sa bosse ; et, sous ce rapport, je vous remercie de la comparaison, très flatteuse pour moi.

Tout le monde se mit à rire ; Maurice et son frère rougirent, parurent vexés et voulurent parler, mais

Christine s'écria :

— Bravo François ! c'est bien fait ! Ils ont voulu te faire une méchanceté, et ce sont eux qui sont rouges et embarrassés.

MAURICE. — Moi ! rouge, embarrassé ? Est-ce qu'un jeune homme comme moi (il avait douze ans) se laisse intimider par un pauvre petit de cinq à six ans tout au plus ?

CHRISTINE. — Vraiment ! Cinq à six ans ? Vous devez le trouver bien avancé pour son âge ? Il a mieux répondu que vous, et il connaît mieux Ésope que vous.

MAURICE. — Les enfants très jeunes ont quelquefois des idées au-dessus de leur âge.

CHRISTINE. — C'est vrai ! De même que les jeunes gens ont quelquefois des paroles au-dessous de leur âge. Mais je vous préviens que François a douze ans, et qu'il est très avancé pour son âge.

MAURICE. — François a douze ans ? Je ne l'aurais jamais cru ! Moi aussi, j'ai douze ans.

CHRISTINE. — Douze ans ! Je ne l'aurais jamais cru !

MAURICE. — Quel âge me croyez-vous donc ? Quatorze ? Quinze ?

CHRISTINE. — Non, non ; cinq ou six tout au plus.

Gabrielle félicita Christine pour ses réponses et François, reconnaissant envers Christine pour sa défense, l'embrassa.

— Et moi aussi, il faut que j'embrasse la signorina, s'écria Paolo en saisissant Christine et en appliquant un baiser sur chacune de ses joues.

CHRISTINE, *riant*. — Ah ! vous m'avez fait peur. Je ne mérite pas tous ces éloges ; j'étais fâchée que Maurice et Adolphe fissent de la peine à François, et j'ai répondu sans y penser.

BERNARD. — Ah çà ! quand finirons-nous nos disputes à coups de langue ? Si nous sortions avant le dîner ? Nous avons encore une heure.

— Sortons, répondirent-ils tous ensemble.

Et tous se dirigèrent vers le jardin. Maurice et Adolphe étaient de mauvaise humeur ; ils entravèrent tous les jeux, et, n'osant se moquer tout haut de François, ils en rirent tout bas, ainsi que de Christine, avec Hélène et Cécile. Après avoir rejeté plusieurs jeux, ils acceptèrent enfin celui de cache-cache ; on se divisa en deux bandes : l'une se cachait, l'autre cherchait. Maurice et Adolphe choisirent pour leur bande Hélène et Cécile ; François et Bernard prirent Gabrielle et Christine ; le sort désigna les premiers pour se cacher, les seconds pour chercher. Quand ces derniers entendirent le signal, ils se précipitèrent dans le bois pour chercher ; mais ils eurent beau courir, fureter, chercher partout, ils ne trouvèrent personne. Ils se réunirent pour décider ce qu'il y avait à faire.

BERNARD. — Retourner à la maison.

GABRIELLE. — Faire ensemble le tour du petit bois, en criant : « Nous renonçons ! »

CHRISTINE. — Leur crier qu'ils sont tricheurs.

FRANÇOIS. — Suivre le conseil de Bernard, et revenir à la maison en passant par les serres et le jardin des fleurs.

Ce dernier avis prévalut ; ils firent une fort jolie promenade et rentrèrent pour l'heure du dîner ; l'autre bande n'était pas encore de retour ; Bernard et François commencèrent à s'inquiéter et dirent à leurs pères ce qui était arrivé. MM. de Cémiane et de Nancé en firent part à MM. de Sibran et de Guilbert, et tous les quatre allèrent à la recherche de la bande révoltée et rentrèrent sans l'avoir retrouvée.

Le dîner fut retardé ; mais, personne ne revenant, on se mit à table, fort agité et inquiet. On mangea quelques morceaux à la hâte, puis les hommes se dispersèrent dans le parc pour chercher les absents ; les dames rentrèrent au salon, où bientôt les quatre enfants firent leur apparition, échevelés, rouges et suants, inondés de larmes, leurs vêtements en lambeaux.

Les mères s'élancèrent vers leurs enfants.

MME DE SIBRAN. — Petits imbéciles !

MME DE GUILBERT. — Petites sottes !

— Nous... nous sommes... perdus, répondirent les filles.

— Nous... avons été poursuivis par... deux gros dogues, reprirent les garçons.

— Ils ont manqué nous dévorer !... Il fait noir, on n'y voit plus, continuèrent les enfants.

MME DE SIBRAN. — C'est votre faute, mauvais garçons. Pourquoi vous êtes-vous sauvés...

MME DES ORMES, *au valet de chambre.* — Faites sonner la cloche pour faire rentrer ces messieurs.

La cloche fit revenir les pères et leurs amis ; les

enfants, perdus et retrouvés, furent encore grondés, et le dîner recommença. Bernard, Gabrielle, Christine et François avaient peine à réprimer une violente envie de rire chaque fois qu'ils jetaient les yeux sur leurs malheureux camarades, dont les cheveux en désordre, les vêtements déchirés, les visages et les mains griffés, contrastaient avec l'avidité qu'ils déployaient devant chaque plat qu'on leur servait. Quand leur appétit fut un peu satisfait, Gabrielle leur demanda comment et où ils s'étaient perdus.

CÉCILE. — Nous voulions tricher et aller au-delà du carré que vous nous aviez fixé pour nous cacher, et nous sommes entrés dans le bois, nous avons couru pour revenir à la maison sans que vous nous vissiez ; mais nous nous sommes trompés de chemin et nous avons marché longtemps, sans savoir où nous étions. Maurice et Adolphe avaient peur et pleuraient...

Maurice l'interrompit :

— Pas du tout, je n'avais pas peur, et je riais.

CÉCILE. — Tu riais ? Ah ! Ah ! joliment ! Tu pleurais, mon cher, et c'est Hélène qui te rassurait et qui te consolait. Laisse-moi finir notre histoire... Nous marchions, ou plutôt nous courions toujours en avant, lorsque deux chiens énormes et très méchants s'élancent d'un hangar et veulent se jeter sur nous ; nous crions : « Au secours ! » Nous courons, les chiens courent après nous, nous attrapent, se jettent sur nous l'un après l'autre, déchirent nos vêtements, nous barrent le chemin et nous forcent, en aboyant après nous, à retourner sur nos pas. Un bonhomme sort de la maison et appelle les chiens : « Rustaud ! Partavo ! » Les chiens nous quittent et l'homme vient à nous : « Mes chiens vous ont fait peur, messieurs et mesdemoiselles ? Ils sont jeunes, ils sont joueurs ; ils ne vous auraient pas mordus tout de même. » Nous pleurions tous et nous ne pouvions pas répondre, l'homme s'en aperçut : « Est-ce que je peux vous aider ? » « Nous sommes perdus, nous venons du château des Ormes », répondit Maurice en sanglotant. « Je vais vous ramener, messieurs, mesdemoiselles », dit l'homme.

Cécile continua :

— L'homme nous ramena à la maison, et j'ai bien dit à Maurice et à Adolphe que c'était leur faute si nous nous étions perdus, parce qu'ils voulaient jouer un mauvais tour à François et à Christine.

Maurice riposta :

— Ce n'est pas vrai : vous avez triché tout comme moi et mon frère.

HÉLÈNE. — Parce que vous nous avez persuadées ; n'est-ce pas, Cécile ?

CÉCILE. — Oui, c'est très vrai ; tu es furieux contre François parce qu'il t'a riposté très spirituellement, et contre Christine parce qu'elle a défendu François ; et je trouve qu'elle a bien fait et que tu as mal fait.

Les parents écoutaient le récit et la discussion ; Mme des Ormes la termina en disant :

— Christine se mêle toujours de ce qui ne la regarde

pas ; on dirait que François a besoin d'elle pour se défendre. Je te prie, Christine, de te taire une autre fois. Si tu recommences, je t'empêcherai de voir François... Va te coucher, au reste ; dans ton lit, au moins, tu ne feras pas de sottises.

M. de Nancé comprit le regard suppliant de Christine et l'air désolé de François.

M. DE NANCÉ. — Madame, veuillez m'accorder la grâce de Christine ; en la punissant de son acte de courage et de générosité, vous punissez aussi mon fils et tous ses jeunes amis. Vous êtes trop bonne pour nous refuser la faveur que nous sollicitons.

MME DES ORMES. — Je n'ai rien à vous refuser, monsieur. Christine, restez, puisque M. de Nancé le désire, et venez le remercier d'une bonté que vous ne méritez pas.

Christine s'avança vers M. de Nancé, leva vers lui des yeux pleins de larmes, et commença :

CHRISTINE. — Cher monsieur... merci...

Puis elle fondit en larmes ; M. de Nancé la prit dans ses bras et l'embrassa à plusieurs reprises en lui disant tout bas :

— Chère petite !... Pauvre petite ! Tu es bonne !... Je t'aime bien !...

Ces paroles de tendresse consolèrent Christine ; ses larmes s'arrêtèrent, et elle reprit sa place près de François, qui avait été fort agité pendant cette scène. Paolo n'avait rien dit depuis le commencement du dîner, mais il avait tout entendu et observé.

Il était tard ; le dîner, retardé d'abord, interrompu ensuite, avait duré fort longtemps. De plus, les habits déchirés de Maurice et d'Adolphe, les robes et les jupons en lambeaux de Mlles de Guilbert, rendaient impossible un plus long séjour chez Mme des Ormes. Mais, en se retirant, Mme de Guilbert engagea à dîner chez elle, pour la semaine suivante, toutes les personnes qui se trouvaient dans le salon, y compris les enfants.

Chapitre IV

LE PREMIER SERVICE DE PAOLO

François répondit poliment à l'adieu que lui adressèrent Maurice et Adolphe, un peu embarrassés vis-à-vis de lui depuis qu'ils savaient que M. de Nancé était son père. M. de Nancé passait dans le pays pour avoir une belle fortune et il avait la réputation d'un homme excellent, religieux, charitable et prêt à tout sacrifier pour le bonheur de son fils. Son chagrin était l'infirmité du pauvre François qui avait été droit et grand jusqu'à l'âge de sept ans, et qu'une chute du haut d'un escalier avait rendu bossu. Quand Mme de Guilbert l'engagea à dîner, il commença par refuser ; mais, quand elle lui dit que François était également invité, il accepta, pour ne pas priver son fils d'une journée agréable avec ses amis Bernard, Gabrielle et surtout Christine. Toute la société se dispersa une heure après et Christine promit à ses cousins de demander la permission d'aller les voir le lendemain dans la journée.

CHRISTINE. — Tâche de venir aussi, François ; nous nous rencontrerons tous en face du moulin de mon oncle de Cémiane.

FRANÇOIS. — Non, Christine ; il faut que je travaille ; je passe deux heures chez M. le curé avec Bernard, et je reviens à la maison pour faire mes devoirs. Et toi, est-ce que tu ne travailles pas ?

CHRISTINE. — Non, je lis un peu toute seule.

FRANÇOIS. — Mais la personne qui t'a appris à lire ne te donne-t-elle pas des leçons ?

CHRISTINE. — Personne ne m'a appris ; Gabrielle et Bernard m'ont un peu fait voir comment on lisait, et puis j'ai essayé de lire toute seule.

— Moi, z'apprendrai beaucoup à la signorina, dit Paolo qui écoutait toujours les conversations des enfants. Moi, zé viendrai tous les zours, et signorina saura italien, latin, mousique, dessin, mathématiques, grec, hébreu, et beaucoup d'autres encore.

— Vraiment, monsieur Paolo, vous voudrez bien ? s'exclama Christine. Je serais si contente de savoir quelque chose. Mais demandez à maman ; je n'ose pas sans sa permission.

PAOLO. — Oui, signorina ; z'y vais ; et vous verrez

que zé né souis pas si bête que z'en ai l'air.

Et s'approchant de Mme des Ormes qui causait avec M. de Nancé, il demanda la permission d'enseigner à sa fille, Mlle Christine.

MME DES ORMES. — Ah ! Ah ! quelle drôle de demande ! Je veux bien moi ; mais si vous donnez des leçons à Christine, il faudra un tas de livres, de papiers, de je ne sais quoi, et rien ne m'ennuie comme de m'occuper de ces choses-là.

Paolo resta interdit ; il n'avait pas prévu cette difficulté. Son air humble et honteux, l'air affligé de Christine, touchèrent M. de Nancé, qui dit avec empressement :

— Vous n'aurez pas besoin de vous en occuper, madame ; j'ai une foule de livres et de cahiers dont François ne se sert plus, et je les donnerai à Christine pour ses leçons avec Paolo.

MME DES ORMES. — Très bien ! Alors venez, mon cher monsieur Paolo, quand vous voudrez et tant que vous voudrez, puisque vous êtes si heureux de me voir.

PAOLO. — Merci signora ; vous êtes belle et bonne ; à demain.

Et Paolo se retira, laissant Christine dans une grande joie, François enchanté de la satisfaction de sa petite amie, M. de Nancé heureux d'avoir fait à si peu de frais le bonheur de son cher François ; quand ils furent seuls, François remercia son père avec effusion du service qu'il rendait à la pauvre petite Christine, dont il lui expliqua l'abandon.

M. DE NANCÉ. — J'aime cette enfant, elle est réellement bonne ! Vois-la le plus souvent possible, mon cher François ; c'est, de tout notre voisinage, la meilleure et la plus aimable.

Le lendemain du dîner, Christine se leva de bonne heure, parce que sa bonne était invitée à une noce dans le village, et qu'elle voulait se débarrasser de Christine le plus tôt possible.

MINA. — Allez demander votre déjeuner ; je n'ai pas le temps, moi ; j'ai ma robe à repasser. Et prenez garde que votre papa ne vous voie.

Christine alla à la cuisine demander son pain et son lait ; elle regardait de tous côtés avec inquiétude. Le cocher, qui déjeunait, lui demanda de quoi elle avait peur. Elle expliqua que sa bonne lui avait dit que son papa ne pouvait pas la voir.

LE COCHER. — Et elle vous plante là comme un paquet de linge sale ! Si j'étais de vous, mam'selle, je raconterais tout à votre papa. Il vous croirait, lui !

CHRISTINE. — Oui, mais il n'aime pas à contrarier maman... Il faut que je m'en aille ; voulez-vous me donner mon pain et mon lait pour que je puisse déjeuner ?

LE CUISINIER. — Oui, mais vous ne pouvez pas emporter votre chocolat, mam'selle, il vous brûlerait !

CHRISTINE. — Je n'ai pas de chocolat ; je mange mon pain dans du lait froid.

LE CUISINIER. — Comment ? Mais votre bonne

vient tous les jours chercher votre chocolat !

CHRISTINE. — C'est elle qui le mange ; elle ne m'en donne pas.

LE CUISINIER. — Si ce n'est pas une pitié ! Une malheureuse enfant comme ça ! Lui voler son déjeuner ! Tenez, voilà votre tasse de chocolat, mangez-le ici, bien tranquillement. Venez ici, dans l'office ; personne n'y entre ; on ne vous verra pas.

Le cuisinier, qui était bon homme, établit Christine dans l'office et plaça devant elle une grande tasse de chocolat et deux bons gâteaux. Christine mangeait avec plaisir cet excellent déjeuner, lorsque, à sa grande terreur, elle entendit la voix de sa bonne.

MINA. — Monsieur le chef, le chocolat de Christine, s'il vous plaît.

Le cuisinier répondit d'un ton bourru qu'il n'en avait pas fait et qu'il avait donné du pain sec et du lait froid comme la bonne l'avait fait demander. Mina, furieuse, attendit le réveil de Mme des Ormes pour porter plainte contre le cuisinier ; elle attendit longtemps, ce qui augmenta son humeur. Christine, inquiète et effrayée, resta dehors jusqu'à l'arrivée de Paolo, qu'elle considérait comme son protecteur, même vis-à-vis de sa mère ; il nc tarda pas à paraître avec un gros paquet sous le bras. L'accueil empressé et amical de Christine le toucha et augmenta sa sympathie pour elle.

PAOLO. — Tenez, signorina, voici un gros paquet pour vous. C'est M. de Nancé qui vous envoie des livres, des cahiers, des plumes, des crayons, un pupitre, toutes sortes de choses pour vos leçons ; seulement, il vous prie de ne pas montrer tout cela, et de ne parler que des livres, qu'il a promis devant votre maman.

CHRISTINE. — Je ne dirai rien du tout ; dites-le à ce bon M. de Nancé, et remerciez-le bien, et François aussi.

Pendant que l'heureuse Christine rangeait ses livres, papiers, etc., dans sa petite commode, et commençait une leçon avec Paolo, Mme des Ormes s'éveillait et recevait les plaintes de Mina.

MME DES ORMES. — Dieu ! que c'est ennuyeux ! Vous êtes toujours en querelle avec quelqu'un, Mina. Vous pourriez arranger les choses entre vous, sans m'obliger à m'en mêler. Que voulez-vous que je fasse à présent ? Quel ennui ! Allez chercher mon mari, dites-lui que j'ai à lui parler.

Mina sortit, mais se garda bien d'exécuter l'ordre de sa maîtresse ; irritée des retards qu'éprouvait sa toilette pour la noce, elle se promit de se revancher sur Christine. Elle partit donc à la recherche de Christine et la trouva dans le salon, prenant une leçon d'écriture avec Paolo.

MINA. — Qu'est-ce que vous faites ici, Christine ? Rentrez vite dans votre chambre !

Christine allait se lever pour obéir à sa bonne, dont elle redoutait la colère, lorsque Paolo, la faisant rasseoir, dit :

— Pardon, signorina, restez là ; nous n'avons pas fini nos leçons. Et vous, dona Furiosa, tournez votre face et laissez tranquille la signorina.

MINA. — Laissez-moi tranquille vous-même, grand Italien, pique-assiette ; je veux emmener cette petite sotte, qui n'a pas besoin de vos leçons, et je l'aurai malgré vous.

Paolo saisit Christine, l'enleva et la plaça derrière lui ; Mina, s'élançant sur lui, reçut un coup de poing qui lui aplatit le nez, mais qui redoubla sa fureur et ses forces ; d'un revers de bras elle repoussa Paolo et attrapa Christine, qu'elle tira à elle avec violence.

— Si vous appelez, je vous fouette au sang ! s'écria-t-elle, tirant toujours Christine que retenait Paolo.

Soudain, Mina poussa un cri et lâcha Christine ; une main de fer l'avait saisie à son tour et la fit pirouetter en la dirigeant vers la porte avec de formidables coups de pied. C'était M. des Ormes, qui était entré par une porte du fond. Quand Mina fut expulsée de l'appartement, M. des Ormes rassura Christine tremblante et serra la main de Paolo. Christine avoua à son père que Mina la battait avec une verge.

M. des Ormes fut en colère :

— Oser battre ma fille ! Je vais en causer avec ma femme, continuez votre leçon à la pauvre Christine, qui est depuis plus de deux ans avec cette mégère.

M. des Ormes entra chez sa femme ; elle pensa qu'il venait, appelé par Mina, et lui demanda donc de parler au cuisinier qui refusait son déjeuner à Christine.

— Mina est une misérable, dit M. des Ormes. Je viens de découvrir qu'elle battait Christine. Je l'ai chassée du salon et je la chasserai de la maison.

MME DES ORMES. — Encore un ennui : une bonne à chercher ! Pourquoi vous mêlez-vous des bonnes ? Vous accusez toujours Mina ; vérifiez le fait ; parlez au cuisinier.

M. DES ORMES. — Ma fille me regarde, et, à ce titre, la bonne me regarde aussi. Quant à ce chocolat, je parie que c'est quelque méchanceté de Mina. Je vais parler au cuisinier, mais ici, devant vous. C'est plus qu'une querelle de domestiques, du moment qu'il s'agit de votre fille.

Il fit appeler le chef cuisinier qui arriva de suite. Le cuisinier s'expliqua :

— Mlle Christine a mangé son chocolat dans l'office ce matin, c'est pourquoi je l'ai refusé à Mlle Mina. Avant cela, Mlle Christine ne mangeait jamais son chocolat, elle n'avait que du pain sec et du lait froid parce que c'est Mlle Mina qui avale le chocolat. Ce matin, la pauvre petite a fait pitié à tous ; alors, je l'ai cachée dans l'office pour qu'elle mangeât son chocolat une fois en passant, et quand Mlle Mina est venue le chercher, je l'ai refusé. Voilà toute l'affaire.

M. DES ORMES. — C'est bien, je vous remercie ; vous avez bien fait de nous expliquer, mais vous auriez dû me prévenir plus tôt.

LE CUISINIER. — Monsieur le comte, on n'osait pas...

M. DES ORMES. — Pourquoi ?

LE CUISINIER. — Monsieur le comte, c'est que... Madame... n'aurait pas cru... et... monsieur comprend...

on avait peur de... de déplaire à Madame.

Mme des Ormes était confuse et embarrassée, et gardait le silence. M. des Ormes lui dit :

— Caroline, il faut que vous fassiez partir aujourd'hui même cette méchante femme. Vous terminerez cette histoire en expiation de votre négligence à l'égard de Christine. Moi, je ne pourrais contenir ma colère en face de cette abominable femme qui rend depuis plus de deux ans cette malheureuse enfant l'objet de la pitié de nos domestiques, meilleurs pour elle que nous ne l'avons été. Chassez cette femme tout de suite.

MME DES ORMES. — Et que ferai-je de Christine ? Ah !... une idée ! je vais prendre Paolo pour la garder.

M. DES ORMES. — C'est ridicule et impossible ! Mais il est certain que Christine serait bien gardée ; Paolo est un homme excellent ; on dit beaucoup de bien de lui dans le pays. En attendant que vous ayez trouvé une bonne, dites à votre femme de chambre de soigner Christine.

M. des Ormes sortit, riant à la pensée de Paolo bonne d'enfant. Mme des Ormes sonna, se fit amener Mina, lui donna ses gages, et lui dit de s'en aller tout de suite. Mina commença une discussion et une justification ; Mme des Ormes s'ennuya, s'impatienta, se mit en colère, cria, et, pour se débarrasser de Mina, après une discussion d'une heure et demie, elle doubla ses gages, lui donna un bon certificat et promit de la recommander.

Chapitre V

LE GRAND EMBARRAS DE PAOLO

Pendant que Mina faisait ses paquets et se promettait de se venger de Christine en disant d'elle tout le mal possible, Paolo continuait et achevait la leçon de Christine ; il fut enchanté de l'intelligence et de la bonne volonté de son élève, qui, dès la première leçon, apprit ses chiffres, ses notes de musique, quelques mots d'italien, et commença à former des *a*, des *o*, des *u*, etc. Quand Mme des Ormes entra au salon, elle la trouva rangeant avec Paolo ses livres et ses cahiers.

MME DES ORMES. — Ah ! vous voilà, mon cher monsieur Paolo ! Je viens vous demander de me rendre un service. Je viens de renvoyer Mina, que mon mari a prise en grippe ; je ne sais que faire de Christine. Aurez-vous la bonté de venir passer vos journées chez moi pour la garder et lui donner des leçons ?

Paolo, étonné de cette proposition inattendue et dont lui-même devinait le ridicule, resta quelques instants sans répondre, la bouche ouverte, les yeux écarquillés. Il expliqua qu'il donnait aussi des leçons à François, mais Mme des Ormes décida qu'il resterait, qu'il serait payé cent francs par mois, et qu'il aurait deux heures de congé par jour pendant lesquelles il pourrait se rendre chez François accompagné de Christine.

Christine le regarda d'un air si suppliant qu'il répondit presque malgré lui :

PAOLO. — Zé veux bien, signora, mais...

MME DES ORMES. — C'est bien, je vais faire préparer votre chambre. Venez déjeuner. Viens, Christine.

Paolo suivit, abasourdi de son consentement, qu'il avait donné par surprise. Christine était radieuse ; elle lui serra la main et lui dit tout bas :

CHRISTINE. — Merci, mon cher monsieur Paolo.

À table, Mme des Ormes annonça à son mari que Paolo allait demeurer au château et qu'il se chargeait de Christine. M. des Ormes parut surpris et mécontent, et dit seulement à sa femme qu'elle abusait de la complaisance de M. Paolo. Quand elle lui dit qu'elle payerait Paolo, le mécontentement de M. des Ormes devint plus visible. Il décida d'emmener sa fille en promenade lui-même après le repas.

Durant la promenade, il questionna sa fille sur Mina, se reprocha de n'avoir pas surveillé cette méchante bonne et d'avoir livré si longtemps Christine à ses mauvais traitements.

Paolo, lui, se rendit chez M. de Nancé. François fut le premier à remarquer l'air effaré et l'agitation du pauvre Paolo. M. de Nancé lui demanda ce qui était arrivé.

— Zé ne sais pas quoi faire, dit Paolo avec embarras. Voilà, signor ! C'est la signora des Ormes. Zé donnais une leçon à la Christinetta ; bien zentille ! bien intelligente ! Et voilà la mama qui mé dit... qui mé demande... qui mé force... à garder la Christina, à venir dans le sâteau, à promener, élever, soigner la Christina. Elle sache la Mina ; c'est bien fait. Le papa pas content ! Ah ! Zé lé crois bien ! Moi, Paolo, moi homme, médecin, moi maître pour leçons, garder comme bonne oune petite signora de huit ans ! C'est impossible ! Et moi comme oune bête, zé dit oui, parce que la Christinetta me regarde avec des yeux... qué zé n'ai pou résister. Que faire, signor ?

M. DE NANCÉ. — Ma foi, mon cher, n'y retournez pas ; voilà la seule manière de vous en tirer.

PAOLO. — Mais la povéra Christina ! Elle est seule, malheureuse. La maman n'y pense pas ; le papa n'y pense pas ! Ça fait pitié ; elle est si bonne.

FRANÇOIS. — Papa, si vous me permettez d'arranger cela, tout le monde sera content. Vous savez, papa, que je suis raisonnable, que je travaille sagement, que je me lève et m'habille tout seul. Vous voyez que je n'ai plus besoin des soins de ma bonne, que j'aime de tout mon cœur, mais qu'il me faudra quitter un jour ou l'autre. Je demanderai à ma bonne d'entrer chez Mme des Ormes pour me donner la satisfaction de savoir Christine heureuse.

M. DE NANCÉ. — Ta pensée est bonne et généreuse, mon fils, mais notre bonne n'acceptera jamais car elle sait Mme des Ormes capricieuse et désagréable à vivre. Elle est chez nous depuis ta naissance, elle t'aime comme son propre enfant. J'accepte cependant que tu lui en parles.

François remercia son père et courut chercher sa bonne ; il lui fit savoir ce que Paolo venait de lui raconter ; il lui expliqua la triste position de Christine, son abandon ; il lui dit combien Christine l'aimait, combien elle lui était attachée et dévouée, et combien il serait heureux de la savoir aimée et bien soignée. Il finit par la supplier de se présenter chez Mme des Ormes pour être la bonne de Christine.

LA BONNE. — C'est impossible, je serais malheureuse chez Mme des Ormes et loin de toi.

FRANÇOIS. — Christine est bonne, tu serais heureuse avec elle ; tu pourras venir me voir tous les jours. Je t'en prie, ce me sera une grande peine de savoir Christine seule et malheureuse.

La bonne lutta longtemps contre le désir de François ; enfin, vaincue par ses prières et par l'assurance que Bathilde, la femme du valet de chambre, resterait près de lui, elle y consentit et elle permit à François de la faire proposer chez Mme des Ormes. François courut triomphant annoncer à son père la réussite de sa négociation, et Paolo fut chargé d'aller tout de suite offrir à Mme des Ormes la bonne de François. Il rencontra à la porte du parc M. des Ormes avec Christine.

PAOLO. — Signor ! zé vous apporte oune bonne nouvelle, la signora sera très heureuse. Voilà, z'ai une bonne admirable pour vous. C'est la dona Isabella, bonne de M. de Nancé. François n'a plus besoin de bonne, puisqu'il est avec son papa.

M. DES ORMES. — C'est très bien, mais je ne veux pas livrer Christine à une seconde Mina, et je veux savoir ce que c'est que cette Isabelle.

PAOLO. — C'est oun anze, et la Mina est un démon. Avec Isabella, la petite Christina sera heureuse comme oune reine. Zé cours la chercher, pas besoin d'en parler à votre femme.

M. des Ormes ne put retenir Paolo, qui courut très vite ; il demanda à sa fille si elle connaissait cette bonne.

CHRISTINE. — Non, je sais seulement que François l'aime beaucoup et qu'elle est très bonne pour lui.

M. des Ormes rentra avec Christine, qui se mit à lire, à écrire, à refaire tout ce que Paolo lui avait appris le matin. Une heure après, Mme des Ormes entra au salon.

MME DES ORMES. — Que fais-tu ici ? Est-ce qu'un salon est une salle d'étude ? Emporte tout ça et va-t'en faire tes leçons ailleurs ; ne laisse rien ici.

Christine commença à mettre les livres et les papiers en tas ; la porte s'ouvrit, et Paolo entra au salon suivi d'Isabelle.

PAOLO. — Signora, madame, z'ai l'honneur de présenter la dona Isabella. Voilà, signora, oune lettre de

M. de Nancé.

Mme des Ormes, étonnée, ouvrit la lettre, la lut et regarda la bonne ; l'air digne et modeste, doux et résolu de cette femme lui plut.

MME DES ORMES. — Vous désirez entrer chez moi ? Vous aviez six cents francs de gages chez M. de Nancé ; je vous en donne sept cents et tout ce que vous voudrez, pour que je n'entende plus parler de rien et qu'on me laisse tranquille. Entrez chez moi tout de suite ; je n'ai personne auprès de ma fille. Tenez, emmenez Christine avec ses livres et ses paperasses. Monsieur Paolo, vous allez lui donner la leçon là-haut dans sa chambre. Au revoir, monsieur Paolo ; allez, Isabelle ; va-t'en, Christine.

Et elle disparut. Paolo, Christine et Isabelle montèrent dans la chambre.

CHRISTINE. — C'est vous, madame Isabelle ? François vous aime tant ! Il m'a bien souvent parlé de vous... Et vous voulez bien quitter le pauvre François pour rester avec moi ?

ISABELLE. — Oui, mademoiselle ; j'ai du chagrin de quitter mon cher petit François ; mais il m'a tant suppliée de venir chez vous, que je n'ai pu lui résister. Je ne sais pas quand votre maman désire que j'entre tout à fait. Ne pourriez-vous pas le lui demander, mademoiselle ?

CHRISTINE. — Je n'ose pas ; il vaut mieux que ce soit M. Paolo qui le demande.

Paolo se dirigea donc à pas lents vers l'appartement de Mme des Ormes, tandis que Christine montrait à sa nouvelle bonne celui qu'elle devait habiter. Paolo frappa à la porte de Mme des Ormes.

PAOLO. — Isabella demande quand elle doit entrer ?

MME DES ORMES. — Mais tout de suite ; qu'elle reste puisqu'elle y est.

PAOLO. — C'est impossible, elle n'a pas pris toutes ses affaires, ni dit au revoir à François et à M. de Nancé.

MME DES ORMES. — Que vous m'ennuyez, mon cher Paolo ! Qu'elle fasse ce qu'elle voudra, qu'elle vienne quand elle pourra, mais qu'on me laisse tranquille, qu'on ne m'ennuie pas de ces bonnes, de Christine, de François. Que je suis malheureuse d'avoir tout à faire dans cette maison !

PAOLO. — Mais, signora, la Christina est votre chère fille ; il faut bien que vous fassiez comme toutes les mamas.

MME DES ORMES. — Allez-vous me faire de la morale, mon cher Paolo ? Je suis fatiguée, éreintée, j'ai mille choses à faire ; je dois dîner demain chez Mme de Guilbert ; il est quatre heures, et je n'ai rien de prêt, ni robe ni coiffure. Arrangez tout ça comme vous aimerez mieux, mais, de grâce, laissez-moi tranquille.

Paolo remonta chez Christine et raconta son entrevue. Il fut décidé que Paolo donnerait à Christine sa leçon, qu'il emmènerait Isabelle chez M. de Nancé et qu'elle viendrait le lendemain assez tôt pour habiller Christine, qui devait aller dîner chez Mme de Guilbert.

Paolo tombait de fatigue de ses allées et venues de la journée ; il resta à dîner chez M. de Nancé. François fut heureux de la certitude du bonheur de son amie Christine ; mais, une fois la chose assurée, il sentit péniblement le vide que laisserait dans la maison l'absence de la bonne. Il comprit mieux le sacrifice qu'il avait généreusement conçu pour le bien de sa petite amie.

M. DE NANCÉ. — Ton sacrifice est accompli, et malgré le chagrin que te causera l'absence de ta bonne, tu auras toujours la grande satisfaction de penser que tu es l'auteur d'une nouvelle et heureuse vie pour ta petite amie ; il est certain qu'avec Isabelle, elle sera aussi heureuse que peut l'être un enfant négligé par ses parents, et ce sera à toi qu'elle devra non seulement son bonheur présent, mais le bonheur de toute sa vie, car elle sera bien et pieusement élevée par Isabelle.

FRANÇOIS. — C'est vrai, papa, c'est une grande consolation et un grand bonheur pour moi aussi, je ne regrette rien et je suis très content...

Le pauvre François ne put achever ; il fondit en larmes ; son père l'embrassa en lui rappelant que sa bonne serait toute proche, qu'il pourrait la voir souvent, et que Christine tiendrait compte de son sacrifice en redoublant d'amitié pour lui. Le lendemain, François accompagna sa bonne jusque chez Christine.

ISABELLE. — Cher enfant, pourquoi m'as-tu demandé d'entrer chez Mme des Ormes ? J'aurais pu encore passer deux ou trois mois avec toi.

FRANÇOIS. — Et après, ma bonne, il aurait fallu tout de même nous séparer ! Et tu aurais été placée loin de moi, tandis que chez Christine je pourrai te voir très souvent.

ISABELLE. — Tu as raison, mon François, mais il faut du temps pour m'habituer à la pensée de vivre dans une autre maison que la tienne, ne pas t'embrasser tous les matins, et tant d'autres petites choses que j'abandonne avec chagrin.

François pensait comme sa bonne et ne répondit pas. En arrivant chez Christine, il pleurait amèrement.

CHRISTINE. — François, pourquoi pleures-tu ?

FRANÇOIS. — C'est le départ de ma bonne qui me fait du chagrin, mais je suis bien content qu'elle soit avec toi ; elle t'aimera ; tu seras aussi heureuse que j'ai été heureux avec elle. Je craignais pour toi une autre Mina.

CHRISTINE, *en l'embrassant.* — Mon cher François, que tu es bon ! Je t'aime plus que personne au monde ! Tu es meilleur que tous. Cela me fait de la peine de te causer du chagrin.

Et Christine se mit à pleurer. Isabelle fit de son mieux pour les consoler tous les deux, et elle y parvint à peu près. Ensuite, François partit car il fallait s'habiller pour partir chez Mme de Guilbert.

Arrivés chez M. et Mme de Guilbert, le dîner fut annoncé, et l'on se mit à table. Les enfants dînaient à part dans un petit salon à côté ; les jeunes Sibran et les Guilbert regardaient d'un air moqueur François et Christine qui avaient tous deux les yeux rouges ; la toilette de Christine avait été imparfaitement arrangée.

MAURICE. — Pourquoi Mina vous a-t-elle si mal coiffée et habillée ?

CHRISTINE. — Je n'ai plus Mina. Papa l'a chassée hier matin. Mais je ne vous raconterai rien du tout sauf à Bernard et à Gabrielle après le dîner.

CÉCILE, *à Maurice.* — Tu es ennuyeux avec tes

méchancetés.

MAURICE. — Je n'ai rien dit de méchant, demande au Chevalier de la Triste Figure.

CHRISTINE. — Qui appelez-vous comme ça ?

MAURICE. — Votre chevalier, ébouriffé comme vous, et qui a les yeux gonflés comme vous, ce qui fait croire qu'on vous a donné une correction à tous les deux.

CHRISTINE. — On administre des corrections aux méchants comme vous. François est toujours bon, et s'il a les yeux rouges, c'est par bonté pour moi et pour sa bonne.

FRANÇOIS. — Laisse-les dire, ma chère Christine. Ces pauvres garçons ne savent pas ce qu'ils disent. Ils ne me font aucun mal, par contre ils s'en font beaucoup en se faisant voir tels qu'ils sont. Je ne me défends pas, car je ne me crois pas attaqué.

Bernard, Gabrielle et Mlles de Guilbert se moquèrent de Maurice et d'Adolphe, qui finirent par ne savoir que répondre à François et Christine. Tout en riant et causant, on arriva au dessert. Maurice et Adolphe, pour dissimuler leur embarras, mangèrent tant qu'ils en eurent mal au cœur. Ils ne dirent plus rien. On sortit de table ; tout le monde descendit au jardin ; les enfants se mirent à jouer, à l'exception de Maurice et d'Adolphe, qui restèrent au salon, couchés dans des fauteuils. Ils avaient comploté de s'emparer de quelques cigarettes qu'ils avaient vues sur la cheminée, et de fumer quand ils seraient seuls ; leurs parents leur avaient expressément défendu de fumer, mais ils n'avaient pas l'habitude de l'obéissance, et ils firent en sorte qu'on ne s'aperçût pas de leur absence.

Chapitre VI

L'INCENDIE

M. de Guilbert proposa une promenade en bateau ; on devait traverser l'étang, qui tournait comme une rivière et qui avait un kilomètre de long ; on devait descendre sur l'autre rive, et assister à une danse à l'occasion de la noce d'une fille de ferme de M. de Guilbert. On s'embarqua en deux bateaux ; on recommanda aux enfants de ne pas bouger ; les messieurs se mirent à ramer. M. de Nancé avait placé François près de lui, et Christine s'était mise entre François et sa cousine Gabrielle. Quand on débarqua, la noce était très en train ; on dansait, on chantait ; on avait l'air de beaucoup s'amuser ; les danseurs accoururent aussitôt pour inviter Mlles de Guilbert, Gabrielle et Christine ; Bernard engagea à danser une des petites filles de la noce ; les mamans, les papas dansèrent aussi ; au milieu de l'animation générale, personne ne s'aperçut de l'absence de Maurice et d'Adolphe ; à neuf heures, M. de Nancé parla de départ.

MME DES ORMES. — Mais il n'est pas tard.

M. DE NANCÉ. — Il est neuf heures, madame, et pour nos enfants, je crois qu'il est temps de terminer cette agréable soirée.

MME DES ORMES. — C'est ennuyeux, les enfants ! Ils gâtent tout et empêchent tout ! Ne trouvez-vous pas ?

M. DE NANCÉ. — Je trouve, madame, qu'ils rendent la vie douce, bonne, intéressante, heureuse enfin ; et, s'ils empêchent de goûter quelques plaisirs frivoles, ils donnent le bonheur. Le plaisir passe, le bonheur reste.

MME DES ORMES. — C'est égal, on est bien plus à l'aise pour s'amuser sans enfants.

Le jour baissait, et M. de Guilbert avait fait allumer les lanternes du bateau qui faisaient un effet charmant ; elles étaient en verres de différentes couleurs, et formaient des lustres aux deux bouts du bateau. Toute la société du château rembarqua et on s'éloigna.

M. et Mme de Sibran s'aperçurent enfin que Maurice et Adolphe ne les avaient pas accompagnés, ce qu'Hélène expliqua par le malaise qu'ils éprouvaient pour avoir trop mangé. On était arrivé au quart du trajet, à un tournant d'où l'on découvrait le château, et on vit avec surprise des jets de flammes qui éclairaient l'étang ; chacun regarda d'où ils venaient, et on s'aperçut avec terreur qu'ils s'échappaient des croisées du château ; les rameurs redoublèrent d'efforts pour aborder au plus vite ; de nouveaux jets de flammes s'échappèrent des croisées de l'étage supérieur, et quand on put débarquer, les flammes envahissaient plus de la moitié du château.

M. de Nancé fit rester les dames et les enfants sur le rivage, fit promettre à François de ne pas chercher à le rejoindre, et courut avec les autres pour organiser les secours. Les domestiques allaient et venaient, éperdus, chacun criant, donnant des avis .que personne n'exécutait. M. de Sibran, fort inquiet de ses fils, les appela, les chercha de tous côtés ; personne ne lui répondit ; les domestiques, trop effrayés pour faire attention à ses demandes, ne lui donnaient aucune indication. M. de Guilbert ne s'occupait que du sauvetage des papiers, des bijoux et effets précieux ; on jetait tout par les fenêtres, au risque de tout briser. Il n'y avait pas de pompe à incendie, pas assez de seaux pour faire la chaîne, personne pour commander ; à mesure que les flammes gagnaient le château, le désordre augmentait ; on avait heureusement pu sauver tout ce qui avait de la valeur : l'argent, les bijoux, les tableaux, le linge, les bronzes, la bibliothèque, etc. Mais tous les meubles, les tentures, les glaces furent consumés.

M. de Guilbert travaillait encore avec ardeur à

sauver ce que le feu n'avait pas atteint ; M. de Sibran éperdu, continuait à appeler et à chercher ses fils ; M. de Nancé avait demandé aux domestiques ce qu'étaient devenus les jeunes de Sibran.

— Ils sont sans doute dans le parc, monsieur ; on suppose qu'ils auront mis le feu au salon, où ils étaient restés seuls, et qu'ils se sont sauvés ; on n'a trouvé personne dans les salons quand on s'est aperçu de l'incendie. Au rez-de-chaussée, il ne leur était pas difficile de s'échapper...

M. de Nancé, rassuré sur leur compte et se voyant inutile, retourna près de ces dames, pensant à l'inquiétude qu'avait certainement éprouvée François en le voyant s'exposer aux accidents d'un incendie, et aussi à l'inquiétude terrible de Mme de Sibran pour ses deux fils, qui étaient très probablement restés au salon, d'après le dire du valet de chambre. Un cri de joie salua son retour, François se jeta à son cou ; il l'embrassa tendrement, et il sentit un baiser sur la main ; Christine était près de lui, l'obscurité croissante l'avait empêché de l'apercevoir ; il la prit aussi dans ses bras et l'embrassa comme il avait embrassé François. Ensuite, il chercha Mme de Sibran, qui était profondément accablée et qui, assise au pied d'un arbre, pleurait la tête dans ses mains.

MME DE SIBRAN, *avec inquiétude.* — Eh bien ! mes enfants ?

M. DE NANCÉ. — Je crois qu'ils sont avec M. de Sibran ; ils ne tarderont pas à venir vous rassurer.

MME DE SIBRAN. — Dieu soit loué ! Ils sont en sûreté ! Les avez-vous vus ? Où étaient-ils ?

M. DE NANCÉ. — Je ne saurais vous dire, madame. Nous étions tous trop occupés pour avoir des détails. Mais, comme le disait le domestique que j'ai questionné, il est clair qu'ils ne pouvaient courir aucun danger, quand même ils se seraient trouvés dans le foyer de l'incendie ; au rez-de-chaussée, à six pieds de terre, il ne pouvait rien arriver.

MME DE SIBRAN. — Vous avez raison, mais un incendie est toujours si terrible ; Dieu vous bénisse, mon cher monsieur, pour les nouvelles rassurantes que vous êtes venu me donner, et que mon mari...

Un grand cri, cri de détresse et de terreur, interrompit sa phrase inachevée. À une mansarde du château éclairée par les flammes, apparurent deux têtes livides, épouvantées, criant au secours ; c'étaient Maurice et Adolphe. MM. de Sibran, des Ormes et les domestiques étaient en bas ; leur cri d'épouvante avait répondu au cri de détresse des enfants. M. de Sibran se laissa tomber par terre ; M. des Ormes, les mains jointes, la bouche ouverte, répétait : « Mon Dieu ! » mais ne bougeait pas. Les domestiques criaient et couraient.

Mme de Sibran se releva et se précipita pour secourir ses fils, mais elle s'évanouit.

M. DE NANCÉ. — Pauvre femme ! Elle est mieux ainsi que si elle avait sa connaissance. François, ne bouge pas d'ici, je te le défends ; je vais tâcher de sauver ces infortunés.

FRANÇOIS, *les mains jointes.* — Papa, ne vous exposez point !

M. DE NANCÉ. — Sois tranquille, je penserai à toi, cher enfant, et Dieu veillera sur nous.

Et il s'élança vers le château.

— Des matelas, vite ! cria-t-il aux domestiques.

À force de les exhorter, de les pousser, de répéter ses ordres, il parvint à faire apporter cinq ou six matelas, qu'il fit placer sous la mansarde où étaient encore Maurice et Adolphe enveloppés de flammes et de fumée.

M. de Nancé cria :

— Jetez-vous par la fenêtre, il y a des matelas dessous. Allons courage !

Maurice s'élança et tomba maladroitement, moitié sur les matelas et moitié sur le pavé. M. de Nancé se baissa pour le retirer et faire place à Adolphe ; mais avant qu'il eût le temps de l'enlever, Adolphe se jeta aussi et vint tomber sur les épaules de son frère, qui poussa un grand cri et perdit connaissance.

M. DE NANCÉ. — Malheureux ! ne pouviez-vous attendre une demi-minute ?

ADOLPHE, *faiblement.* — Je brûlais, je suffoquais.

Et il commença à gémir et à se plaindre de la douleur causée par les brûlures.

M. de Nancé remit Adolphe aux mains des domestiques, qui l'emmenèrent à la ferme, et lui-même s'occupa de faire revenir Maurice ; mais ses soins furent inutiles ; les reins étaient meurtris ainsi que les

épaules ; les jambes, qui avaient porté sur le pavé, étaient contusionnées et brisées ; il demanda qu'on allât au plus vite chercher un médecin, étendit Maurice sur l'herbe, et engagea M. de Sibran à donner des soins à ses fils au lieu de se lamenter.

M. DE SIBRAN, *avec désespoir.* — Ma femme ! ma femme !

M. DE NANCÉ. — Que diable ! mon cher, ayez donc du courage ! Que votre femme s'évanouisse, on le comprend. Mais vous, faites votre besogne de père, et voyez ce qu'il y a à faire pour secourir vos fils.

M. DE SIBRAN. — Mes fils ! mes enfants ! Où sont-ils ?

M. DE NANCÉ. — Ils sont contusionnés et brûlés ; Maurice, là, près de vous, et Adolphe à la ferme.

M. de Sibran en se jetant auprès de son fils :

— Maurice ! Maurice !

Maurice poussa un gémissement douloureux.

M. DE NANCÉ. — Prenez garde ! ne lui donnez pas d'émotions inutiles. Faites-lui respirer du vinaigre, bassinez-lui le front et les tempes, mais ne le secouez pas ! Mettez deux matelas près de lui, et tâchons de l'enlever pour le placer dessus.

M. de Sibran demanda du monde pour l'aider à transporter Maurice. M. de Nancé appela M. des Ormes, lui répéta ce qu'il y avait à faire en attendant le médecin, et retourna près de ces dames. Il prit de l'eau dans son chapeau, en jeta quelques gouttes sur la tête et le visage de Mme de Sibran, toujours évanouie, lui bassina à grande eau les tempes et le front, et demanda à ces dames de continuer jusqu'à ce qu'elle reprît ses sens. Mme des Ormes et Mme de Guilbert s'en chargèrent et apprirent par M. de Nancé le triste état de Maurice et d'Adolphe.

FRANÇOIS. — Qu'est-ce qui a causé l'incendie, papa ? Où est ma bonne ?

— François, ta bonne va bien ; elle est allée donner des soins à Adolphe. Quant à l'incendie et ce qui l'a occasionné, personne ne sait ; les domestiques étaient tous à table ; il n'y avait au salon que Maurice et Adolphe ; on ne comprend pas comment le feu a pris au salon, et comment ces deux garçons se sont trouvés dans les mansardes. Maurice est encore sans connaissance, et Adolphe gémit et ne parle pas ; tous deux sont fortement brûlés et doivent beaucoup souffrir.

Mme de Sibran était revenue à elle pendant que M. de Nancé parlait aux enfants consternés. On lui dit que ses fils étaient sauvés et qu'on était allé chercher un médecin. Après quelques autres explications à ces dames et aux enfants, Mme de Guilbert lui demanda si toutes les chambres du château avaient été atteintes et consumées par le feu. M. de Nancé répondit par l'affirmative à cette question, mais rassura Mme de Guilbert en lui disant que les effets de valeur avaient pu être sauvés.

M. de Nancé lui offrit l'hospitalité pour quelques jours :

— Si j'osais vous offrir un refuge provisoire, madame, je vous demanderais de vouloir bien accepter mon château ; je n'en occupe qu'une petite partie avec mon fils, le reste est à votre disposition.

MME DE GUILBERT. — Merci, M. de Nancé ; je suis bien reconnaissante de votre offre ; si mon mari m'y autorise, je l'accepterai pour quelques jours, jusqu'à ce que nous trouvions à nous loger. Ce sera une gêne pour vous, je le sais, et je vous suis d'autant plus obligée.

M. DE NANCÉ. — Trop heureux de vous venir en aide dans un si grand embarras, madame.

MME DE GUILBERT. — Permettez-vous que nous nous installions chez vous dès cette nuit ?

M. DE NANCÉ. — Certainement, madame. Je retourne chez moi pour donner les ordres nécessaires. Viens, François, nous allons bientôt partir.

Mmes des Ormes et de Cémiane proposèrent à Mme de Sibran de la ramener près de ses fils.

MME DE CÉMIANE. — Après quoi nous retournerons chacune chez nous, les pauvres enfants doivent être harassés de fatigue.

Ils se dirigèrent tous vers la pelouse où se trouvait Maurice avec son père, toujours morne et accablé, et MM. des Ormes et de Cémiane. Maurice avait retrouvé sa connaissance et sa parole ; il se plaignait de ses brûlures, de vives douleurs dans les jambes, dans les reins ; il ne pouvait faire aucun mouvement sans gémir. Mme de Sibran s'agenouilla près de lui sans parler ; ses larmes tombèrent amères et abondantes sur le visage de son fils noirci par la fumée, et qui exprimait une souffrance aiguë. Elle demanda à ces dames de la laisser près de son fils et d'emmener leurs enfants. Elle pria ensuite M. de Sibran de faire porter Maurice près d'Adolphe, afin qu'elle les eût tous deux sous les yeux. M. de Nancé se chargea de la commission et s'éloigna avec François, que Christine n'avait pas quitté un instant. Isabelle vint les rejoindre pour chercher Christine et la faire monter dans la voiture de Mme des Ormes. Mais quand ils arrivèrent dans la cour où étaient les voitures, ils trouvèrent Mme des Ormes partie. N'ayant trouvé ni Christine ni Isabelle, elle s'en était informée ; on lui avait répondu qu'elles avaient sans doute été emmenées par M. des Ormes ; ne poussant pas plus loin ses recherches, elle s'en était retournée chez elle. L'effroi de Christine en se voyant oubliée fut tout de suite calmé par M. de Nancé, qui lui dit :

— Ma petite Christine, je t'emmènerai avec François et Isabelle, tu coucheras chez moi avec Isabelle qui nous sera fort utile pour préparer les logements des Guilbert.

Christine remercia chaleureusement M. de Nancé :

— Merci, cher monsieur de Nancé. Comme vous êtes bon ! Comme François est heureux ! et comme je suis contente pour lui que vous soyez son papa !

FRANÇOIS. — Merci papa ! Montons vite en voiture, de peur que Mme des Ormes ne revienne chercher Christine.

Christine sauta dans la voiture près de M. de Nancé ; François s'élança en face d'elle ; Isabelle près de lui ; et M. de Nancé, souriant de l'inquiétude de François et de Christine, dit au cocher d'aller bon train. Quand ils arrivèrent, il chargea Isabelle d'installer Christine dans l'ancienne petite chambre de François donnant dans celle d'Isabelle ; François, tout joyeux, mena Christine dans cette petite chambre, l'embrassa ainsi que sa bonne, et alla se coucher dans la sienne, près de son père. Il n'oublia pas, dans sa prière, de remercier le bon Dieu de lui avoir donné un si bon père et une si bonne petite amie, et il s'endormit heureux et reconnaissant.

M. de Nancé, au lieu de se reposer des fatigues de la journée, veilla, avec Isabelle et Bathilde, à l'arrangement des chambres destinées aux Guilbert, maîtres et domestiques ; tout était prêt quand ils arrivèrent. Il les reçut à la porte du château, les installa chez eux, leur recommanda de demander tout ce qu'ils désiraient, et échappa à leurs remerciements mille fois répétés en rentrant dans son appartement ; il embrassa son petit François endormi et se coucha après avoir, lui aussi, remercié le bon Dieu de lui avoir donné un si excellent fils.

Le lendemain, Christine se réveilla tard ; elle se souvint des événements de la veille et son cœur bondit de joie quand elle pensa qu'elle reverrait François et M. de Nancé et qu'elle déjeunerait avec eux, chez eux. À peine fut-elle habillée que François entra. Christine courut à lui et se jeta dans ses bras.

François embrassa sa bonne qui les regardait avec tendresse, et, prenant la main de Christine, ils coururent tous deux chez M. de Nancé afin de déjeuner. Celui-ci se sentit embrassé des deux côtés et deux petits bras entourèrent son cou. C'était Christine qui faisait comme François.

— Bonjour, les enfants, vous voilà déjà ensemble !

— Cher monsieur de Nancé, dit Christine, gardez-moi toujours avec vous et avec François. Je serais si heureuse chez vous ! je vous aimerai tant ! autant que François.

— Ma pauvre chère enfant, j'en serais aussi heureux que toi ; mais c'est impossible ! Tu as un père et une mère, répondit M. de Nancé.

CHRISTINE. — Quel dommage !

M. de Nancé sourit encore une fois et l'embrassa.

M. DE NANCÉ. — Notre déjeuner est prêt. Nous avons bon appétit ; mangeons.

Il servit à Christine et à François une tasse de chocolat, et prit lui-même du thé. Les enfants mangèrent et causèrent en même temps ; leurs réflexions amusaient M. de Nancé ; leur amitié réciproque le touchait ; il regrettait comme Christine de ne pouvoir la garder toujours ; son petit François serait si heureux ! Mais il se redit ce qu'il leur avait déjà dit : « C'est impossible ! »

Après les avoir laissés jouer quelque temps :

— Je crois, ma petite Christine, dit-il, que je vais à présent faire atteler la voiture pour te ramener chez tes parents, qui doivent être inquiets de toi.

Les deux enfants à la fois s'écrièrent :

— Déjà !

M. DE NANCÉ. — Eh oui ! déjà, mais vous vous reverrez bientôt et souvent. Isabelle te mènera promener de notre côté, et François ira se promener avec moi du côté des Ormes ; vous jouerez pendant que je lirai au pied d'un arbre ; et puis nous ferons des visites au château et à ta tante de Cémiane quand tu y seras.

M. de Nancé fit atteler ; il monta dans la voiture avec François, Christine et Isabelle ; un quart d'heure après, ils descendaient au château des Ormes. Ils trouvèrent M. et Mme des Ormes dans le salon.

MME DES ORMES. — Ah ! vous voilà, monsieur de Nancé ; c'est fort aimable de m'avoir vous-même ramené Christine ; je pensais bien ce matin, en la sachant encore absente, que vous ou ma belle-sœur de Cémiane l'aurait emmenée et nous la ramènerait.

M. des Ormes, qui ignorait l'absence de sa fille, s'étonna :

— Comment est-ce M. de Nancé qui nous amène Christine ? Vous abusez de l'obligeance de Monsieur, Caroline.

MME DES ORMES. — Pas du tout. Je suis bien sûre que M. de Nancé est très heureux de me rendre service. Je suis même persuadée que si j'avais à faire un voyage, et si je demandais à M. de Nancé de garder Christine chez lui en mon absence, il le ferait avec plaisir.

M. DE NANCÉ. — Non seulement avec plaisir, madame, mais avec bonheur pour ce genre de service. Essayez, et vous verrez.

MME DES ORMES. — Que vous êtes aimable, monsieur de Nancé.

M. DES ORMES. — Caroline, ne faites donc pas de suppositions impossibles. M. de Nancé, voulez-vous rester à déjeuner avec nous ?

M. DE NANCÉ. — Merci bien, monsieur ; j'ai chez moi nos pauvres voisins incendiés, et je ne les ai pas encore vus aujourd'hui.

M. de Nancé partit avec François quelques instants après ; Christine monta dans sa chambre avec Isabelle.

Aucun événement extraordinaire ne vint plus troubler la tranquillité des châteaux voisins. Christine continua à voir François, Gabrielle et Bernard, presque tous les jours, tantôt chez eux, tantôt au château des Ormes. François s'attachait de plus en plus à Christine, et, grâce au désir qu'avait Isabelle de se rapprocher de lui, ils se retrouvaient dans leurs promenades et aussi dans leurs visites au château de Cémiane.

M. de Nancé, cédant au désir de François, donnait souvent des déjeuners et des goûters aux enfants des environs ; c'étaient les beaux jours de François et de Christine. Paolo continuait avec un succès marqué ses leçons à ses deux élèves. Mme des Ormes avait voulu que Paolo les donnât à Christine sans payement, mais M. des Ormes, qui redoutait le ridicule plus encore qu'il ne craignait l'humeur de sa femme, le paya assez largement pour fermer la bouche aux mauvaises langues ; car dans le voisinage on s'amusait beaucoup de l'avarice de Mme des Ormes pour tout ce qui concernait sa fille.

La vie se passait donc heureuse et calme pour François et Christine ; pour M. de Nancé, qui n'était heureux que par son fils ; pour Isabelle, qui aimait beaucoup Christine à cause de la tendresse qu'elle témoignait à François, et aussi à cause des charmantes qualités qui se développaient par les soins de cette bonne intelligente et par ceux de M. de Nancé. Ce dernier portait à Christine une affection paternelle, et il cherchait à suppléer à la direction qui manquait à la pauvre enfant du côté de ses parents, par des conseils, toujours écoutés et suivis avec reconnaissance. Mme des Ormes oubliait sans cesse sa fille pour ne s'occuper que de toilette et de plaisirs. M. des Ormes, faible et indifférent, avait des éclairs de demi-tendresse qui ne duraient pas ; tranquille sur le sort de Christine depuis qu'il la savait sous la direction sage et dévouée d'Isabelle, il ne s'occupait pas de sa fille, et cherchait, comme sa femme, à passer agréablement ses journées. Tous les deux laissaient à Isabelle liberté complète d'élever Christine selon ses idées.

C'est ainsi qu'avec l'aide de M. de Nancé, elle donna à Christine une éducation religieuse et des habitudes qui lui manquaient ; elle la menait au catéchisme avec François, qui fit cette année sa première communion. Dès les premiers temps qui suivirent l'entrée d'Isabelle chez Christine, ils eurent occasion d'exercer la vertu de charité à l'égard de Maurice et d'Adolphe. Les brûlures d'Adolphe le faisaient souffrir beaucoup, mais ce n'était rien auprès de ce que souffrait Maurice. Outre les brûlures, le médecin lui avait trouvé les reins et le dos contusionnés et déviés, et les jambes toutes disloquées. On les transporta chez eux la nuit même de l'incendie ; et ce fut après qu'ils furent installés dans leurs lits que les deux médecins appelés commencèrent à panser les brûlures et à remettre les membres démis et brisés.

Paolo avait demandé à assister à l'opération ; il voulut donner des conseils, et faire autrement que ne faisaient les médecins pour remettre les membres disloqués et brisés. Mais on se moqua de ses avis et on refusa de les suivre. Paolo se retira et dit le lendemain à M. de Nancé :

— Mauvais pour le Maurice ! Sera bossou et horrible ; les zambes mal arranzées ; très mal ! Moi z'aurais fait bien. C'est abouminable !

Maurice poussa des cris pendant cette opération ; il se trouvait dans l'impossibilité de remuer, à cause des appareils qui maintenaient ses jambes et ses épaules ; il fallait le faire boire et manger, le moucher et l'essuyer comme un petit enfant ; il se désolait, se fâchait ; ses colères et ses agitations augmentaient son mal.

Au bout d'un mois, sa vie ne fut plus en danger et François demanda la permission de venir le voir ; M. et Mme de Sibran acceptèrent avec joie.

— Pourquoi avez-vous accepté cette proposition ? dit Maurice quand ses parents lui annoncèrent la nouvelle. Il va triompher de me voir si malade ; Adolphe et moi, nous nous sommes moqués de sa bosse, et il doit nous en vouloir.

Le lendemain, quand François arriva, ni Maurice ni Adolphe ne lui adressèrent la parole. Le pauvre François, qui essayait de faire la conversation, était un peu embarrassé ; il ne savait s'il devait rester ou s'en aller ; il attendit encore quelques minutes, et, Maurice et Adolphe persistant à garder le silence, il se leva :

— Adieu donc, je reviendrai vous voir avec papa, et je ne resterai pas longtemps pour ne pas vous fatiguer.

Le bon François sortit un peu triste du mauvais accueil que lui avaient fait ces garçons dont il avait déjà eu tant à se plaindre. Christine savait qu'il avait été voir les Sibran ; le lendemain, elle alla chez lui savoir de leurs nouvelles. Elle lui demanda s'ils souffraient beaucoup, s'ils avaient expliqué comment le feu avait pris. François lui avoua qu'il avait parlé tout seul car Maurice et Adolphe n'avaient rien dit.

CHRISTINE. — Est-ce que leur langue est brûlée ?

FRANÇOIS. — Non ; seulement ils ne parlent pas...

M. DE NANCÉ. — Ils ne lui ont pas dit un mot, pas répondu un oui ou un non ; ils ne l'ont pas regardé. Et François veut y retourner ; en retournant chez eux, François fait un double acte de charité, il rend le bien pour le mal, et il visite des malheureux qui souffrent. Cette seconde visite les touchera peut-être, ils deviendront probablement meilleurs s'ils voient souvent François.

CHRISTINE. — C'est vrai cela ; on est toujours meilleur quand on a passé quelque temps avec François et avec vous... Et c'est pourquoi je serais si contente de ne jamais vous quitter tous les deux !...

M. DE NANCÉ, *en l'embrassant.* — Pauvre chère enfant, n'y pense pas ; c'est impossible. Va jouer avec François ; j'ai à travailler car j'écris un livre qui parle de l'éducation des enfants, et des sacrifices qu'on doit leur faire.

Les enfants allèrent rejoindre Isabelle et jouèrent quelque temps. Paolo arriva pour donner à François ses leçons ; et ils se séparèrent en disant :

— À demain !

Chapitre VII

CHANGEMENT DE MAURICE

Le lendemain, François retourna avec son père chez les Sibran ; il monta chez Maurice et Adolphe qui le virent entrer avec surprise. Maurice rougit et voulut parler, mais il ne dit rien.

FRANÇOIS. — Bonjour, j'espère que vous allez un peu mieux aujourd'hui... Vos yeux sont plus animés et vous êtes un peu moins pâles... Je ne vous ferai pas unc longue visite... comme hier... seulement pour vous raconter que M. de Guilbert va demain s'établir à Argentan, où il a trouvé une maison à louer, pendant qu'il fait rebâtir son château brûlé... Il paraît qu'il ne perdra rien, parce que la compagnie d'assurances lui paie tous ses meubles et son château... Adieu, pauvre Maurice, adieu Adolphe ; je prie toujours le bon Dieu qu'il vous guérisse bientôt.

François leur fit un salut amical et se dirigea vers la porte.

MAURICE, *d'une voix faible.* — François !

François retourna bien vite près de son lit.

MAURICE. — François ! pardonnez-moi ainsi qu'à Adolphe. Vous êtes bon ! Et nous, nous avons été si mauvais, moi surtout ! Oh ! François ! Comme Dieu m'a puni ! Si vous saviez comme je souffre ! De partout et toujours ! Ces appareils me gênent tant !

FRANÇOIS. — Pauvre Maurice ! Je suis bien triste de ce terrible accident. Je ne puis malheureusement pas vous soulager ; mais si je pouvais vous distraire, je viendrais vous voir tous les jours.

Ils se dirent donc « à demain ».

Dès qu'il fut sorti, le regard douloureux de Maurice se reporta sur son frère.

MAURICE. — Pourquoi n'as-tu rien dit, Adolphe ? Comment n'as-tu pas été touché de la bonté de ce pauvre François, que nous avons reçu si grossièrement hier, et qui veut continuer ses visites, malgré notre méchanceté. François est très bon.

ADOLPHE. — Je déteste ce vilain bossu ; les bossus sont toujours méchants.

En revenant à la maison avec son père, François lui raconta avec bonheur ce que lui avait dit Maurice.

M. de Nancé partagea le triomphe de François et lui fit voir combien la bonté et l'indulgence réussissaient mieux que la colère et la sévérité.

Christine fut enchantée du résultat de cette seconde visite, et encouragea François à continuer et à tâcher de ramener aussi Adolphe à de meilleurs sentiments.

Pendant deux mois, François retourna tous les jours chez les Sibran. Adolphe guérit de ses brûlures au bout d'un mois ; il resta rebelle aux sollicitations de Maurice et insensible à la bonté de François. Le pauvre Maurice, au contraire, de plus en plus touché de la généreuse affection que lui témoignait François, devint plus doux, plus endurant, plus résigné de jour en jour ; au bout de ces deux mois, le médecin lui permit de se lever et de faire usage de ses membres remis. Quand il se leva, sa faiblesse le fit retomber tout de suite sur son lit ; un second essai, plus heureux, lui permit de s'appuyer sur ses jambes et de se tourner vers la glace ; mais de quelle terreur ne fut-il pas saisi quand il vit ses jambes tordues et raccourcies, une épaule remontée et saillante, les reins ployés et ne pouvant se redresser, et le visage, jusque-là enveloppé de cataplasmes ou d'onguent, couturé et défiguré par les brûlures ! Adolphe l'avait été aussi, mais beaucoup moins.

Le malheureux Maurice poussa un cri d'horreur et retomba presque inanimé sur son lit. Mme de Sibran quitta précipitamment la chambre pour cacher son désespoir à son fils.

Maurice resta seul en face de la glace ; plus il

examinait ses difformités nouvelles, plus elles lui paraissaient hideuses et repoussantes ; sa pâleur rendait plus apparentes les coutures et les plaques rouges de son visage ; sa faiblesse faisait ployer ses reins et ses jambes. Pendant qu'il continuait l'examen de sa personne, la porte s'ouvrit lentement, et François entra. Maurice se retourna, l'aperçut et examina l'impression qu'il produisait sur François. Il ne put découvrir que l'expression d'une profonde pitié et d'un sincère attendrissement.

François soutint dans ses bras Maurice prêt à défaillir ; il le fit asseoir, resta près de lui, et pleura avec lui et sur lui.

FRANÇOIS. — Du courage, mon ami, ne perds pas l'espoir de redevenir ce que tu étais. Tu es faible à présent, tu ne peux pas te redresser ni te tenir sur tes jambes ; dans quelques jours, quelques semaines au plus, tu retrouveras des forces et tu te tiendras droit comme avant.

MAURICE. — Non, François ; je sens que je ne me tiendrai jamais droit. Et mes jambes ? Comment se redresseraient-elles ? Elles sont tordues. Regarde-moi et regarde-toi. Moi qui me suis tant moqué de ton infirmité, qui t'ai ridiculisé et tourmenté, j'en suis réduit à envier ton apparence. Je n'oserai jamais me montrer ; je ne sortirai plus de ma chambre.

FRANÇOIS. — Tu as tort, mon pauvre Maurice ; tu te rendras malade, tu t'ennuieras horriblement et tu souffriras bien plus.

— Crois-tu que ce soit agréable de voir tout le monde rire et d'entendre crier : « Venez voir, un bossu ! » demanda Maurice.

FRANÇOIS. — Ce n'est pas agréable, je le sais mieux que tout autre ; mais on s'y habitue un peu. Et puis, comme on est heureux quand on trouve quelqu'un de bon qui vous témoigne de la pitié, de l'amitié, qui prend votre défense, qui vous aime parce que vous êtes infirme ! Ce bonheur-là, Maurice, compense ce qu'il y a de pénible dans ma position.

MAURICE. — Tu pourrais dire notre position... Ce que tu m'as dit me fait du bien ; je ne me sens plus aussi désespéré ; peut-être, en effet, serai-je moins difforme dans quelque temps.

François resta longtemps chez Maurice ; quand il le quitta, le désespoir des premiers moments était calmé ; il promit à François d'espérer, de se résigner et d'obéir aux prescriptions des médecins. Adolphe ne parut pas, tant que François resta chez Maurice. Quand Maurice fut seul, Adolphe entra ; il poussa un cri en voyant la difformité de Maurice.

ADOLPHE. — Mon pauvre Maurice, que tu es laid ! Quelle tournure tu as ! En vérité, je te plains ! C'est affreux ! C'est horrible !

MAURICE, *tristement*. — Je le sais, Adolphe. Je le vois sans que tu me le dises.

ADOLPHE. — Toi qui te moquais tant de François, tu es bien pis que lui ! Tu n'as pas eu peur en te voyant ?

MAURICE. — Non, j'ai pleuré... Et le bon François a pleuré avec moi. Il m'a consolé, m'a encouragé ; et toi, qui es mon frère et qui devrais me plaindre, tu ne trouves rien à dire pour me consoler de ce grand malheur.

ADOLPHE. — François a pleuré avec toi parce qu'il est bossu, lui aussi ; mais moi, que veux-tu que je fasse, que je dise ? Je suis très fâché de ce qui t'arrive, mais il m'est impossible de pleurer comme un enfant parce que tu as eu le malheur de devenir difforme !

MAURICE. — Comme c'est mal ce que tu dis ! Adolphe, laisse-moi seul, je t'en prie ; ton indifférence me peine ; elle m'afflige pour toi.

ADOLPHE. — Pour moi ? tu es bien bon ! Je suis très fâché de ce qui t'arrive, mais quant à pleurer et en mourir de chagrin, je laisse cette satisfaction au sensible François. Adieu, je sors avec papa ; nous allons t'acheter quelque chose pour te consoler ; nous serons de retour dans une heure.

Adolphe sortit. Maurice joignit les mains avec un geste de désespoir et gémit tout haut sur l'insensibilité de son frère ; il en fit la comparaison avec François, et il se demanda d'où pouvait venir cette différence. Il crut comprendre qu'elle provenait de l'éducation différente qu'ils avaient reçue : Adolphe et lui, élevés légèrement, sans religion, sans principes, ne vivant que pour le plaisir et la dissipation ; François élevé pieusement, sérieusement, quoique gaiement, pratiquant la religion et la charité, s'oubliant pour les autres et faisant passer le devoir avant le plaisir.

« Il faut que j'en parle à François, se dit-il, et si j'ai deviné juste, je changerai de manière de penser et de vivre, et je crois que j'en serai plus heureux. »

Christine arriva le lendemain chez M. de Nancé comme d'habitude pour savoir des nouvelles du malade ; les larmes lui vinrent aux yeux quand elle sut combien l'incendie et la chute avaient défiguré le pauvre Maurice, et le désespoir dans lequel il était plongé à l'arrivée de François ; elle fut très contente du deuxième succès de son ami.

CHRISTINE. — Je suis sûre que tu finiras par le rendre excellent. C'est comme moi ; tu m'obliges à devenir bonne, rien que par amitié pour toi. Je ne sais ce que je serais capable de faire pour toi.

FRANÇOIS. — Tu ne ferais pas de mauvaises choses, bien certainement.

CHRISTINE. — Oh non ! d'abord parce que tu ne m'en conseillerais jamais, et puis parce que je te ferais de la peine et à ton papa aussi en faisant mal.

FRANÇOIS. — Bonne Christine ! je plains le pauvre Maurice, s'il doit rester infirme, de n'avoir pas une chère petite Christine comme moi.

Un domestique entra et dit que M. de Nancé désirait les voir.

M. DE NANCÉ. — Mes chers enfants, je reçois un petit mot de Mme des Ormes qui me demande d'aller tout de suite chez elle avec toi, François, et avec toi, Christine ; je ne sais pas ce qu'elle désire de nous. Il faut y aller mes enfants ; apprêtez-vous, nous irons à pied par les prairies.

Les enfants et Isabelle furent prêts en cinq minutes. M. de Nancé se demandait ce que lui voulait Mme des Ormes.

« Elle est si bizarre, se dit-il, que je crains toujours quelque sottise dont ma petite Christine serait victime... et mon pauvre François aussi par conséquent... Je vais bientôt le savoir ; la voici qui vient au-devant de nous. »

Effectivement, Mme des Ormes, ne pouvant attendre patiemment l'arrivée de M. de Nancé, accourait comme une jeune personne de quinze ans, cueillant une fleur, poursuivant un papillon, gambadant et pirouettant.

MME DES ORMES. — Venez vite, monsieur de Nancé, que je vous dise une bonne nouvelle. M. des Ormes vient d'acheter un hôtel à Paris, superbe hôtel ! Je donnerai des bals, des concerts... Non, pas de concerts, je n'aime pas la musique. Des tableaux vivants, c'est charmant. Vous figurerez dans mes tableaux vivants ; vous ferez le roi Assuérus, et moi la reine Esther, et mon mari l'oncle Mardochée ; ah ! ah ! mon mari en Mardochée avec une grande barbe blanche ! N'est-ce pas que ce sera amusant ?

M. DE NANCÉ, *gravement*. — Très amusant, madame, mais ce n'est pas pour cela que vous m'avez fait venir avec les enfants ?

MME DES ORMES — Si fait, si fait ; c'est pour vous proposer de venir demeurer avec nous dans mon hôtel ; vous prendrez le rez-de-chaussée, que je vous louerai dix mille francs, mais à la condition que, les jours de réception, on soupera dans votre appartement.

M. DE NANCÉ. — C'est impossible, madame. D'abord, je ne joue pas la comédie ; ensuite, je passe mes hivers à la campagne avec mon fils. Si vous voulez quelqu'un pour faire vos tableaux vivants, vous pouvez prendre Paolo ; il jouera tout ce que vous voudrez.

MME DES ORMES. — C'est une idée. Quand vous serez chez vous, envoyez-moi Paolo. Adieu, mon cher monsieur de Nancé ; au revoir, je pars demain. Christine, dis adieu à tes amis, nous partons demain.

CHRISTINE. — François, mon cher François ! je ne veux pas le quitter ! Laissez-moi avec lui, maman ; je vous en supplie, ne m'emmenez pas.

FRANÇOIS. — Madame, laissez-moi ma chère Christine ; je serai si malheureux sans elle ! De grâce, je vous en prie, ne l'emmenez pas.

Et tous deux se jetèrent en sanglotant au cou l'un de l'autre.

MME DES ORMES. — Eh bien ! qu'est-ce que cela ? Quelle scène absurde ! Vas-tu finir de pleurer, Christine. Cela m'ennuie de te voir pleurer. Quel ennui ! Que faire ? Venez à mon secours, M. de Nancé.

CHRISTINE. — Je pleurerai toujours tant que je serai séparée de François.

M. DE NANCÉ, *hésitant.* — Madame... Je vous offre un moyen de vous délivrer de ce problème. Laissez-moi Christine ; vous serez bien plus libre, sans aucun embarras, aucune gêne.

MME DES ORMES. — Mais pour vous, quel ennui !

M. DE NANCÉ. — Non, madame. Je jouirai d'abord du bonheur de ces deux enfants, et puis de la satisfaction de vous rendre un service, quelque léger qu'il soit.

MME DES ORMES. — Léger ? mais c'est un énorme service que vous me rendez. C'est vrai ! Cette pauvre Christine ! elle serait sans cesse dérangée de sa chambre pour mes soirées, mes dîners ; elle serait mal ! Chez vous elle sera très bien ; c'est une chose décidée, alors. Je vous l'envoie demain avec Isabelle. Seulement, comme j'ai besoin de mes chevaux et de mes gens, je l'enverrai dans la charrette de la ferme avec ses effets.

M. DE NANCÉ. — Ne dérangez personne, madame ; j'irai prendre moi-même Christine et Isabelle.

MME DES ORMES. — Merci, cher monsieur ; vous me rendez un service d'ami ; je vous en remercie infiniment. Envoyez-moi Paolo pour Assuérus.

M. de Nancé, délivré de son inquiétude pour François et Christine, rit franchement à la pensée de Paolo dans un tableau vivant jouant Assuérus.

Soudain, Mme des Ormes rappela M. de Nancé :

— Monsieur de Nancé ! vous êtes si bon, que vous voudrez bien, j'en suis sûre, compléter votre obligeance en prenant Christine aujourd'hui même ; j'ai tant à faire ! M. des Ormes est parti ce matin ; je dîne chez ma belle-sœur de Cémiane ; je ne verrai pas Christine ; alors j'aime mieux vous la donner tout de suite.

Puis s'adressant à Christine :

— Adieu, ma fille ; sois bien sage, bien obéissante ; ne fais pas enrager ce bon M. de Nancé, qui veut bien de toi. Au revoir, dans six ou sept mois.

Elle embrassa Christine sur les deux joues, serra la main de M. de Nancé, et s'éloigna en courant et sautillant comme elle était venue.

Quand elle se fut éloignée, Christine et François, dont le cœur bondissait de joie, se jetèrent dans les bras l'un de l'autre, puis Christine se jeta dans ceux de M. de Nancé, qu'elle embrassait.

CHRISTINE. — Mon père ! mon père ! vous m'avez sauvée ! Que je vous aime, cher, cher père.

M. DE NANCÉ. — Chère enfant ! Oui, je suis ton père d'adoption ; tu sais si je t'aime tendrement.

Et il réunit dans ses bras ces deux enfants dont l'un était à lui, et dont l'autre lui était seulement confié, mais il les aimait presque d'une égale tendresse.

La rentrée au château fut triomphale ; des cris de joie annoncèrent à Bathilde le séjour de Christine au château. Le dîner, la soirée furent une fête et un éclat de rire continuel. Christine se coucha, installée dans la maison de son cher François et mit longtemps à s'endormir, tant la joie l'agitait. François était au moins aussi heureux ; et M. de Nancé l'était plus sérieusement et plus profondément.

Aussitôt après être rentré, M. de Nancé envoya

chercher Paolo et le fit mener tout de suite chez Mme des Ormes, qui l'attendait.

Dès qu'elle l'aperçut, elle courut à lui :

— Arrivez, mon cher monsieur Paolo ; j'ai besoin de vous. Je pars demain pour Paris ; je laisse Christine à M. de Nancé ; mon mari a acheté un hôtel charmant, je donnerai des soirées, des bals et j'ai besoin de vous.

PAOLO. — De moi ! Oh ! Signora ! Ze ne sais pas danser, voltizer en tournant, z'aime mieux rester avec M. de Nancé.

MME DES ORMES. — Dù tout. J'ai besoin de vous pour mes charades ; vous ferez le roi Assuérus et moi, je serai votre Esther, votre femme. C'est pour s'amuser, il faut absolument que je vous emmène.

PAOLO. — Oh ! c'est impossible, ze suis trop jeune pour que vous soyez ma femme. Laissez-moi avec M. de Nancé. Ze souis trop bête pour être un roi.

MME DES ORMES. — Ça ne fait rien, Assuérus était bête. Je vous emmènerai demain avec moi ; vous allez coucher ici ; à demain.

Mme des Ormes s'éloigna rapidement et Paolo resta sans voix et sans mouvement.

« Imbécile ! se dit-il. Ze ne veux pas avoir oune femme si horrible et si ridicoule ! Ze veux la laisser au pauvre M. des Ormes. Ze souis le pauvre Paolo et non un roi. Ze veux encore donner des leçons à mon petit François et à ma Christinetta ! »

Paolo partit en courant, malgré les cris de Brigitte, la bonne de Mme des Ormes, et arriva tout essoufflé chez

M. de Nancé au moment où les enfants venaient de se coucher. Paolo raconta son entrevue avec Mme des Ormes. M. de Nancé riait à se tenir les côtes ; il calma le pauvre Paolo, lui expliqua ce que Mme des Ormes voulait de lui, et quelle serait la vie à Paris. Paolo frémit, pria M. de Nancé de le cacher jusqu'après le départ de sa persécutrice et de lui permettre de venir passer quelques jours chez lui, de peur que Mme des Ormes ne le fît enlever à Argentan. M. de Nancé lui promit secours et protection.

Pendant ce temps, Mme des Ormes se fâchait et grondait tous ses gens pour avoir laissé échapper ce pauvre Paolo. Elle commanda qu'on allât au petit jour à Argentan, et qu'on le lui ramenât de gré ou de force ; mais le lendemain, la carriole revint sans Paolo qu'on n'avait pu trouver nulle part. Grande colère de Mme des Ormes, qui n'avait plus le temps d'aller à sa recherche ; elle partit furieuse, arriva de même et trouva à redire à tout ce que son mari avait fait dans l'appartement ; elle donna divers ordres contraires à ceux qu'avait donnés M. des Ormes, et annonça qu'elle aurait une grande soirée dans quinze jours.

Le lendemain, elle commença une vie dissipée et tourbillonnante : visites, emplettes, dîners, spectacles, soirées, se couchant à trois ou quatre heures du matin, se levant à midi, une vie de femme du monde, c'est-à-dire de folle. Lors de ses charades, personne ne voulait faire le roi Assuérus. Dans son désespoir, elle écrivit à Paolo en le suppliant de venir huit jours à Paris afin que sa fête soit réussie ; elle lui annonça qu'elle lui défendrait de voir Christine s'il refusait de venir.

Quand Paolo reçut la lettre, il retomba dans le désespoir ; M. de Nancé conseilla alors à Paolo de se rendre à Paris seulement pour huit jours. Paolo soupira, pleura même, et partit, maudissant la signora et ses charades. Il était attendu ; on le reçut avec enthousiasme ; Mme des Ormes l'entraîna dans le salon où se faisaient les répétitions ; elle le présenta à tous les acteurs. On plaça Paolo sur une estrade et on lui fit prendre la pause.

Le jour de la représentation arriva. Le salon était plein de monde ; deux tableaux avaient été exécutés. La toile se leva ; Assuérus, raide comme un soldat au port d'armes, le sceptre sur l'épaule en guise de fusil, regardait les spectateurs d'un œil hébété ; Esther, demi-agenouillée devant lui, les bras étendus, le regardait d'un œil suppliant.

— Abaissez votre sceptre sur ma tête, avait-elle dit tout bas au moment où la toile allait se lever.

Assuérus l'abaissa, mais si durement que le sceptre tomba de tout son poids sur la tête de Mme des Ormes ; le coup était si violent, si imprévu, qu'elle ne put s'empêcher de porter la main à sa tête en poussant un léger cri. Assuérus éperdu, jeta sceptre, couronne et manteau, sauta à bas de l'estrade et disparut. Mme des Ormes se releva et regarda ses invités qui riaient à qui mieux mieux. Mme des Ormes, furieuse, se retira, se promettant de se venger sur Paolo de l'échec qu'elle subissait ; mais Paolo était déjà reparti.

Le lendemain, de bonne heure, il était à Nancé, racontant sa mésaventure ; les enfants furent enchantés de le revoir ; il raconta les beautés de Paris et les ennuis des répétitions, des soirées de Mme des Ormes.

Peu de jours après, il reçut une lettre furieuse de son Esther ; elle le traitait de mal élevé, de brutal, de goujat.

Paolo prit un papier et, se mettant à table, il écrivit ceci :

« Ô signora ! ô bella ! comment est-il possible qu'Assouérous reste comme oune homme de carton devant la belle Esther ! Z'ai fait tomber sur votre ceveloure admirable mon sceptre de bois, z'ai donné une calotte sans le vouloir, ze vous zoure, signora bella. La douleur de votre douleur a si rempli de douleur ma çétive personne, qué moi, Paolo, roi Assouérous, ze mé souis sauvé et z'ai couru. Pardonnez, signora de mon cœur, signora de mon âme, et recevez encore votre humble, soumis et éternel esclave. »

Il signa « Paolo Perroni », puis courut montrer sa lettre à M. de Nancé qui lui dit :

— Mon cher Paolo, Mme des Ormes vous injurie et vous lui répondez par une moquerie par trop évidente.

PAOLO. — Cer monsieur de Nancé ; c'est comme ça qu'il faut faire avec cette signora absourdissima. Elle croit qu'elle est souperbe, ze lui dis qu'elle est souperbe ; elle croit que zé l'adore. Voilà la signora enssantée ; alors elle pardonne et ne se fasse pas quand ze viens donner des leçons à ma Christinetta. Voilà pourquoi z'ai écrit cela.

M. DE NANCÉ. — Nous verrons si vous avez deviné juste, mon cher Paolo ; je le désire pour vous.

Deux jours après, Paolo entra triomphant chez M. de Nancé, et lui présenta la réponse de Mme des Ormes :

« Mon bon et cher Paolo, votre charmante lettre m'a touchée et m'a bien fait regretter les injures que je vous ai écrites. Pauvre Paolo ! Pardonnez-moi ; je vous accepte pour esclave et je vous traiterai en bonne maîtresse. Adieu, mon esclave. Je m'amuse beaucoup, je donne des bals ; je danse toute la nuit.

Caroline des Ormes »

M. DE NANCÉ. — Folle ! Que je suis heureux d'avoir pu tirer ma chère Christine de cette maison de folie et de dissipation.

L'hiver se passait doucement et agréablement au château de Nancé. François et Christine accompagnaient M. de Nancé dans ses promenades de propriétaire, aidaient à la plantation des arbres, au tracé des chemins, etc. Ces promenades étaient précédées et suivies des leçons de Paolo et de M. de Nancé. François sacrifiait quelquefois un de ses moments de détente pour aller voir le pauvre Maurice, toujours si heureux de ces visites ; Maurice questionnait beaucoup François, lui demandait des conseils et en profitait au point d'avoir amené un changement complet dans son caractère. Il devenait doux, humble, raisonnable.

Adolphe, tout en reconnaissant ce changement favorable, s'éloignait de plus en plus de son frère et détestait François chaque jour davantage. Maurice sortait depuis quelque temps, mais il ne s'était encore fait voir à personne. Un jour, il demanda à François si M. de Nancé voudrait bien lui permettre d'aller le voir au château. François l'assura que M. de Nancé serait charmé de le recevoir ainsi que Christine.

MAURICE, *étonné*. — Christine ? Je croyais Mme des Ormes partie depuis longtemps.

FRANÇOIS. — Oui, il y a trois mois qu'elle est partie, mais elle nous a laissé Christine et Isabelle.

MAURICE. — Christine est avec toi ? Comme tu es heureux d'avoir une si bonne et si gentille petite fille !

FRANÇOIS. — Oui, tu dis vrai, très heureux. Si tu la connaissais mieux, tu verrais comme elle est bonne, dévouée, aimable, gaie, charmante ! Et comme elle nous aime, papa et moi ! Elle nous dit, tout en riant, des choses si aimables, si affectueuses, que nous en sommes attendris.

MAURICE. — Oh oui ! Je la connais bien.

FRANÇOIS. — Je ne t'en parlais jamais, parce que je croyais que tu ne l'aimais pas.

MAURICE. — Je la détestais comme je te détestais quand j'étais méchant ; mais, à présent que je me souviens comme elle te défendait, comme elle t'aimait, je l'aime moi-même beaucoup, et je voudrais qu'elle m'aimât. Quand donc pourrai-je venir chez toi ?

FRANÇOIS. — Veux-tu venir demain ? je préviendrai papa.

MAURICE. — Très bien ; au revoir, à demain.

Ils se séparèrent et François annonça la visite de Maurice. M. de Nancé en fut bien aise pour François, qui formait là une nouvelle et agréable intimité.

Le lendemain, quand Maurice entra, embarrassé et honteux de sa ridicule apparence, François et Christine coururent à lui. Christine fut presque effrayée et repoussée au premier aspect, mais, surmontant sa répugnance par un sentiment de bonté, elle s'approcha de Maurice et l'embrassa.

CHRISTINE. — Pauvre Maurice, je sais combien vous avez souffert ; j'ai tout su par François.

MAURICE. — Qui m'a pardonné comme vous me pardonnez, bonne Christine. Dieu m'a bien puni de mes méchantes moqueries à l'égard du bon François. Je riais de votre amitié pour lui, de votre généreuse défense contre mes ignobles attaques. À présent je comprends le bonheur d'être aimé et défendu par un ami, et j'envie son heureux sort d'avoir une amie telle que vous.

CHRISTINE. — Moi ! je suis une pauvre petite amie qui doit tout à François et à M. de Nancé ! Sans eux, je serais ignorante, sotte, méchante.

M. DE NANCÉ. — Bonjour, mon bon Maurice. Vous voilà bien mieux, mon ami ; et votre courage se soutient ; je sais par François combien vous êtes patient, résigné et... amélioré, pour tout dire.

MAURICE. — C'est François qui m'a fait du bien par sa bonté, monsieur. Moi qui avais été méchant pour lui, et lui...

M. DE NANCÉ. — Ne parlons pas du passé, mon ami, et profitons du présent. Venez nous voir souvent ; nous sommes très heureux ici. Ma petite Christine est gaie comme un pinson, douce comme une colombe et bavarde comme une pie ; j'entends une pie bien élevée et raisonnable, ce qui la rend très agréable et jamais incommode.

Christine sourit et baisa la main de M. de Nancé. Maurice voulut lui prendre le bras car il marchait péniblement avec ses jambes tordues ; le premier mouvement de Christine fut de céder à sa répugnance et de reculer ; mais, rencontrant le regard peiné de François, elle se rapprocha et tendit son bras à Maurice.

CHRISTINE.— Je vais vous aider à marcher ; cela me fera plaisir. Appuyez-vous bien, Maurice, n'ayez pas peur ; je peux vous soutenir.

MAURICE. — Bonne Christine, serez-vous aussi mon amie comme vous l'êtes de François ?

CHRISTINE. — Comme de François, jamais. Je ferai ce que je pourrai pour vous, je vous aiderai, je vous amuserai, je vous rendrai des services. Mais pour François, c'est autre chose. Je ne peux aimer personne comme j'aime François et M. de Nancé.

François était enchanté de cette déclaration si franche de Christine ; Maurice redevenait triste ; bientôt il se plaignit d'éprouver de la fatigue, et on rentra ; après une demi-heure de conversation, il se leva, dit adieu à tout le monde et s'en alla. Christine courut à lui, lui offrit son bras ; il l'accepta en souriant tristement :

— Christine, je suis bien malheureux, et je n'ai pas un ami.

CHRISTINE. — Vous avez François. Et François vaut tous les amis du monde. Adieu, Maurice, à bientôt, j'espère.

Christine rentra dans le salon. Elle s'approcha de M. de Nancé qui lisait dans un fauteuil, et lui passa un bras autour du cou :

— Mon père !

— Ah ! Ah ! ceci annonce une confidence ou une confession, dit M. de Nancé en l'embrassant et en posant son livre. Voyons, de quoi s'agit-il, mon enfant ?

CHRISTINE. — Mon père, Maurice me répugne ; je le déteste ; je sais que c'est mal. Je voudrais ne pas le toucher et il veut que je lui donne le bras. Et j'ai été bien fausse, car je lui ai offert mon bras pour l'aider à s'en aller et je lui ai dit : « À bientôt, j'espère », quand je voudrais ne le revoir jamais.

M. DE NANCÉ. — Tu n'as pas été fausse, ma fille ; tu as été bonne ; tu as senti que ton aversion était injuste et tu as voulu la vaincre. Mais pourquoi le détestes-tu ?

CHRISTINE. — C'est depuis qu'il m'a demandé de l'aimer comme j'aime François. En moi-même, je le trouvais sot et ridicule. Lui ! Maurice ! que je connais à peine, l'aimer comme j'aime François, comme je

vous aime, vous qui êtes si bon pour moi depuis quatre ans ! François qui est mon frère, vous qui êtes mon père ! Que j'aime un étranger comme vous ! C'est bête et sot ! Et pour cela, je ne peux plus le souffrir.

— Ma chère enfant, répondit M. de Nancé en l'embrassant à plusieurs reprises, tu as raison de nous aimer plus que les autres, car nous t'aimons de tout notre cœur ; mais il ne faut pas que tu te moques de ceux qui te demandent de les aimer, et surtout d'un malheureux infirme, sans aucune affection au monde, car on m'a dit que depuis qu'il était difforme, son frère même rougissait de lui. Tu vois, ma chère petite, que c'est une vraie charité d'être bonne pour lui.

CHRISTINE. — Bonne, je veux bien, mon père, mais je ne peux pas et je ne veux pas l'aimer comme j'aime François et vous.

M. DE NANCÉ. — Tu n'y es pas obligée, mon enfant, mais tu ne dois pas le détester. Je serais bien triste de te voir détester quelqu'un.

CHRISTINE. — Vous ! Triste ? Par ma faute ? Oh ! mon père ! jamais je ne détesterai personne, pas même Maurice.

M. DE NANCÉ. — C'est bien, mon enfant ; je te remercie de ta promesse et de ta confiance.

CHRISTINE. — Je serais bien fâchée de vous cacher quelque chose, mon cher père, surtout quand c'est du mal.

François entra au moment où un dernier baiser de Christine terminait la conversation.

FRANÇOIS. — Ce pauvre Maurice me fait pitié ! Il est parti si triste, plus triste que je ne l'ai vu depuis longtemps.

CHRISTINE. — Qu'est-ce qu'il a ? Qu'est-ce qu'il veut ?

FRANÇOIS. — Comment, ce qu'il a ? Tu as bien vu comme il est tordu, bossu, défiguré ?

CHRISTINE. — Oui, j'ai vu ; il est horrible, affreux.

FRANÇOIS. — Eh bien ! c'est ça qui l'attriste ; il a bien vu que tu t'approchais de lui avec répugnance, presque avec dégoût.

CHRISTINE. — C'est vrai, mais c'est sa faute !

FRANÇOIS. — Comment, sa faute ? C'est sa chute pendant l'incendie qui l'a si terriblement défiguré.

CHRISTINE. — Oui, mais écoute, François ; avant je ne l'aimais pas, parce qu'il était méchant pour toi. Le bon Dieu l'a puni ; je l'ai plaint beaucoup et je lui ai pardonné quand il est devenu bon et qu'il t'a aimé. Aujourd'hui, quand il est entré, il m'a fait pitié et j'étais disposée à lui porter un peu d'amitié ; mais il m'a demandé de l'aimer comme je t'aime, et alors... (le visage de Christine exprima une vive émotion), alors... je l'ai... je ne l'ai plus aimé du tout. Je l'ai trouvé ridicule et bête ! C'est sot de sa part ; cela prouve qu'il n'a pas de cœur, qu'il ne comprend pas la reconnaissance, la tendresse que j'ai pour toi et pour notre père ; il ne comprend pas que je ne peux aimer personne comme je vous aime ; que je ne suis heureuse qu'ici, avec vous, et que chez maman et partout je serai malheureuse loin de vous. Et quand maman et papa reviendront, je serai désolée !

Christine fondit en larmes ; François la consola de son mieux, ainsi que M. de Nancé, qui lui dit qu'elle était une petite folle ; que ses parents ne songeaient pas encore à revenir ; que personne ne l'obligeait à aimer Maurice ; qu'elle ne lui devait que de la compassion et de la bonté. Christine essuya ses yeux, avoua qu'elle avait été un peu sotte et promit de ne plus recommencer.

CHRISTINE. — Seulement, je te demande, François, de ne pas me laisser trop souvent pour aller voir Maurice et de ne pas l'aimer autant que tu m'aimes.

FRANÇOIS. — Sois tranquille, Christine ; tu seras toujours celle que j'aimerai par-dessus tout, excepté papa.

Chapitre VIII

UNE SURPRISE DÉSAGRÉABLE QUI NE GÂTE RIEN

Les beaux jours du printemps arrivèrent et rendirent la campagne encore plus agréable aux habitants du château de Nancé ; Paolo était devenu l'homme indispensable. Dévoué, affectionné, il était toujours prêt à tout ce qu'on lui demandait ; pour M. de Nancé, c'étaient les affaires, les comptes, l'arrangement de la bibliothèque, les courses lointaines et autres travaux, qu'il accomplissait avec un zèle, un empressement que rien n'arrêtait ; pour les enfants, c'étaient des commissions, des raccommodages, des inventions de jeux, des leçons de menuiserie, de gymnastique, des établissements de cabane, de berceaux de feuillage, et mille autres inventions qui naissaient dans le cerveau fertile de ce Paolo, bizarre, cocasse, mais aimant et dévoué.

M. de Nancé lui avait demandé de venir demeurer chez lui, l'éducation de François et de Christine exigeant beaucoup de temps et de surveillance. Il lui donnait cent francs par mois pour les deux enfants.

M. et Mme des Ormes semblaient avoir oublié l'existence de leur fille ; excepté une lettre que M. des Ormes écrivait à Christine à peu près tous les mois, elle n'entendait jamais parler de ses parents. Mme des Ormes ne s'était pas informée une seule fois de ses besoins de toilette ou de livres, de musique, de tout ce qui compose l'éducation d'un enfant. Christine ne songeait pas encore à ces détails, mais elle avait un sentiment vague et pénible de l'abandon de ses parents, et un sentiment tendre et reconnaissant de ce que M. de Nancé faisait pour son éducation, pour son amélioration ; elle éprouvait aussi une grande reconnaissance des soins que donnait Paolo à son instruction. Elle l'aimait très sincèrement ; lui, de son côté, admirait son intelligence, sa facilité à retenir et à comprendre. Elle venait d'avoir dix ans ; elle avait commencé son éducation à huit ans et en piano, italien, histoire, géographie, dessin, elle était avancée comme l'est une bonne élève de dix à onze ans ; elle avait donc regagné tout le temps perdu.

Isabelle aussi lui inspirait une affection pleine de respect. Isabelle ne cessait de remercier son cher François de l'avoir décidée à se charger de Christine :

— Quelle heureuse position tu m'as faite, mon cher François, entre toi et Christine chez ton excellent père. Rien ne manque à mon bonheur, puisse-t-il durer toujours !

Il dura jusqu'à l'été. Un jour de juillet, que les enfants, aidés de M. de Nancé et de Paolo, construisaient un berceau de branchages au pied duquel ils plantaient des plantes grimpantes, une femme apparut au milieu d'eux ; c'était Mme des Ormes. La surprise les rendit tous immobiles ; rien n'avait fait pressentir sa visite.

MME DES ORMES. — Eh bien, vous ne dites rien !

M. de Nancé salua froidement et sans mot dire, Paolo salua gauchement et Christine alla embrasser sa mère, mais Mme des Ormes arrêta une démonstration dangereuse pour son col garni de dentelles et pour sa coiffure ; elle lui saisit les mains, lui donna un baiser sur le front, et, la regardant avec surprise, elle dit :

— Comme tu es grandie ! Je suis honteuse d'avoir une fille si grande ! Tu as l'air d'avoir dix ans !

CHRISTINE. — Et je les ai, maman, depuis huit jours.

MME DES ORMES. — Est-ce que tu peux savoir ton âge mieux que moi ! Je te dis que tu as huit ans, et je te défends de dire le contraire.

Personne ne répondit ; elle se trompait.

MME DES ORMES. — Monsieur de Nancé, je vous remercie d'avoir gardé Christine si longtemps ; elle a dû bien vous ennuyer.

M. DE NANCÉ. — Au contraire, madame, elle nous a fait passer un hiver et un printemps fort agréables.

MME DES ORMES. — Alors... si vous vouliez la garder jusqu'au retour de mon mari ! J'ai tant à faire, tant à arranger dans ce château ! J'ai tout justement besoin de l'appartement de Christine, car j'attends beaucoup de monde. Je serais obligée de la mettre dans les mansardes, et la pauvre petite y serait très mal. Et puis elle s'ennuierait à mourir, car je ne peux la laisser descendre au salon quand j'ai quelqu'un ! Elle est trop grande pour... perdre son temps. Vous me la rendrez quand je serai seule.

M. DE NANCÉ. — Donnez-la-moi, madame, quand vous voudrez et le plus que vous pourrez ; mon fils et moi, nous sommes heureux de l'avoir.

MME DES ORMES. — Votre fils ! Ah oui ! c'est vrai. C'est ce joli petit là-bas. À la bonne heure ! Il ne grandit pas comme une perche, lui ! Paolo, venez avec moi ; j'ai besoin de vous. Adieu, Christine... À propos, Christine, tu n'as pas besoin de venir me voir chez moi. Ne la laissez pas venir, cher Monsieur de Nancé. Je viendrai la voir chez vous... Eh bien ! où est Paolo ?

Et Mme des Ormes hâta le pas, pour rentrer et retrouver Paolo, auquel elle voulait faire exécuter différents travaux dans ses appartements.

M. de Nancé fut quelques minutes avant de revenir de son étonnement. Cette mère retrouvant sa fille sans aucune joie, aucune émotion, après une séparation de huit mois ! ne s'occupant que de la taille ou de l'âge de sa fille. C'était plus révoltant encore que l'indifférence passée ; et la tendresse de M. de Nancé pour Christine se révoltait d'un accueil aussi froid.

François et Christine n'étaient pas encore revenus de leur frayeur d'être séparés, et de leur stupéfaction de se sentir réunis pour longtemps.

Heureusement, ils seraient encore réunis quelque temps ; ils sautaient et battaient des mains dans leur joie. Paolo reparut, l'air encore très effrayé et regardant de tous côtés si la tête de Méduse avait disparu.

PAOLO. — Zé me souis cacé derrière le gros arbre ! Z'avais oune peur terrible que la signora ne m'aperçout et ne me tirât de ma cacette. Quelle signora terribila.

Les habitants du château de Nancé ne s'aperçurent du retour de M. et de Mme des Ormes que par quelques rares apparitions du père ou de la mère de la fillette. M. des Ormes confirma la défense qu'avait faite sa femme à Christine de venir au château :

— Ta mère a toujours du monde ; il faudrait venir te chercher et te ramener, ce qui serait difficile avec tous ces messieurs, dames qu'il faut promener et voiturer. Puisque M. de Nancé a la bonté de te garder chez lui, nous sommes bien tranquilles sur ton compte ; et je suis convaincu que tu n'es pas fâchée de cet arrangement.

CHRISTINE. — Du tout, papa, au contraire ; je suis si heureuse avec ce bon M. de Nancé. Je voulais même l'appeler papa ou mon père, mais il n'a pas voulu ; il croit que cela vous fera de la peine.

M. DES ORMES. — Pas le moins du monde. Appelle-le comme tu voudras. Adieu, ma fille ; je viendrai te voir souvent. À propos, as-tu su que ton oncle et ta tante de Cémiane étaient en Italie pour quelques années pour la santé de ta tante, qui souffre de la poitrine ?

À peine M. des Ormes fut-il parti que Christine s'élança vers l'appartement de M. de Nancé. Elle entra comme un ouragan :

— Je peux vous appeler comme je le voudrai ; papa me l'a permis. Ne faites-vous pas pour moi ce que vous feriez si j'étais votre fille ? Ne m'aimez-vous pas comme votre fille, comme une vraie sœur de François ? Ne croyez-vous pas que je vous aime comme un vrai père ? Pourquoi donc vous parler comme à un étranger ? Laissez-moi donc vous appeler mon père.

En achevant ces mots, Christine se laissa glisser à genoux devant M. de Nancé ; elle appuya ses lèvres sur sa main, et le regarda ; il releva Christine, la serra dans ses bras et l'embrassa en lui disant :

— Ma fille ! appelle-moi ton père et crois bien que si je suis un père pour toi, tu es pour moi une fille bien tendrement aimée.

L'été se passa ainsi, bien calme pour François et Christine ; M. de Nancé refusa toutes les invitations de

M. et Mme des Ormes.

— C'est bien mal à vous, monsieur de Nancé, lui dit un jour Mme des Ormes lors d'une de ses rares visites, vous refusez toutes mes invitations ; vous ne voyez aucune de mes fêtes qui sont si belles.

M. DE NANCÉ. — Je suis vraiment contrarié, madame, mais les devoirs de la paternité s'accordent mal avec les plaisirs du monde, et je préfère une soirée passée avec mes enfants, aux fêtes les plus brillantes. Je dis mes enfants car vous m'avez donné Christine, n'est-ce pas ?

MME DES ORMES. — Oui, oui. Gardez-la tant que vous voudrez ! Mais où est-elle ? Je suis venue pour la voir.

M. DE NANCÉ. — Je vais la faire descendre, madame ; elle prend sa leçon de musique avec Paolo.

M. de Nancé sonna au domestique afin qu'il fasse venir Christine.

MME DES ORMES. — À propos de Paolo, il y a longtemps que je ne l'ai vu. J'ai besoin de lui pour une décoration de théâtre ; nous allons jouer La Belle au Bois Dormant. C'est moi qui fais la Belle.

Christine entra en courant :

— Père, vous me demandez !

MME DES ORMES. — Pourquoi parlez-vous si haut, Christine ? Vous croyez-vous dans une écurie ? Et pourquoi appelez-vous M. de Nancé votre père ?

CHRISTINE. — Pardon, maman : je le croyais seul. Papa m'a permis d'appeler M. de Nancé « mon père », parce qu'il est si bon pour moi...

MME DES ORMES. — Ah ! la bonne idée ! ah ! ah ! ah ! que c'est bête à M. des Ormes.

M. de Nancé s'aperçut que les choses allaient tourner mal pour la pauvre Christine interdite, et il crut devoir intervenir :

— Christine est d'une reconnaissance excessive du peu que je fais pour elle, madame. Jamais je n'oublie qu'elle me vient de vous et qu'en m'occupant d'elle, c'est à vous que je rends service ; qu'elle est pour moi un souvenir perpétuel de vous.

Mme des Ormes, enchantée, serra la main de M. de Nancé, baisa Christine au front et dit :

— Tu as bien raison, Christine, aime-le bien... et appelle-le père, car il est cent fois meilleur que ton vrai père. Au revoir, cher monsieur de Nancé ; je viendrai très souvent vous voir. Et ne craignez pas que je vous enlève Christine ; non, non ; puisque vous y tenez, gardez-la en souvenir de moi. Adieu, mon ami.

M. de Nancé la salua profondément et la reconduisit jusqu'à sa voiture. Elle y était déjà montée et M. de Nancé s'en croyait débarrassé, lorsqu'elle sauta à terre et remonta le perron.

MME DES ORMES. — Et Paolo que j'oublie ! Christine, va me le chercher...

CHRISTINE, *revenant tout essoufflée.* — Maman, je ne trouve pas Paolo ; il est sans doute parti, ne vous sachant pas ici.

MME DES ORMES. — Que c'est ennuyeux !

Comment ne lui a-t-on pas dit que j'étais là. Il est si heureux quand il me voit ! Envoyez-le-moi demain, mon cher monsieur de Nancé. Adieu, à bientôt.

Quand ils furent seuls, Christine demanda :

— Dites-moi, mon père, est-ce vrai que vous ne me soignez que pour maman, et que vous ne m'aimez qu'en souvenir d'elle ?

— Ma pauvre petite, je te soigne pour toi, je ne t'aime que pour toi. Ce que j'ai dit à ta maman, c'était pour adoucir sa mauvaise humeur, pour détourner son intention du reproche qu'elle t'adressait, et de crainte que ta grande tendresse pour nous ne lui donnât l'idée de te faire revenir chez elle. Tu juges quel chagrin c'eût été pour moi, pour François et pour toi, répondit M. de Nancé.

CHRISTINE. — Je crois que j'en serais morte ! Vous quitter, rentrer là-bas, après avoir été heureuse et aimée ici !

— Psst ! est-elle partie ? dit tout à coup une voix qui semblait venir du ciel. Attendez, ze descends.

Ils levèrent la tête et virent apparaître à une lucarne du grenier la tête de Paolo, inquiet.

Quand M. de Nancé lui dit qu'il devait se rendre chez Mme des Ormes le lendemain, Paolo fit une mine allongée et peu réjouie qui fit rire M. de Nancé.

Ils rentrèrent tous les trois au château.

M. DE NANCÉ, *à Paolo*. — À présent, allez continuer les leçons de ma petite Christine.

François se préoccupait toujours de Maurice, qu'il continuait à voir une ou deux fois par semaine, et dont la santé et l'état physique ne s'amélioraient guère. Ses jambes et ses reins ne se redressaient pas ; son épaule restait aussi saillante, son visage aussi couturé. Il s'affaiblissait au lieu de prendre des forces. Sa difformité et l'insouciance de son frère lui donnaient une tristesse qu'il ne pouvait vaincre ; il allait assez souvent chez M. de Nancé, où il était reçu avec amitié ; Christine était bonne et aimable pour lui ; elle lui témoignait de la compassion, mais pas l'amitié qu'il aurait désiré lui inspirer et qu'il éprouvait pour elle. Il disait qu'il avait droit comme François à son affection, puisqu'il était infirme et malheureux comme lui.

CHRISTINE. — François n'est pas malheureux ; il a eu du courage ; il s'est résigné... Personne ne pourra faire pour moi ce qu'ont fait M. de Nancé et François, je vous l'ai déjà dit. Et je vous ai dit aussi que je ferai ce que je pourrai pour vous témoigner la compassion et l'intérêt que vous m'inspirez.

Maurice recommençait son exhortation. Christine répondait de même, et quand elle se trouvait seule avec M. de Nancé, elle se plaignait à lui des importunités de Maurice.

CHRISTINE. — Chaque fois qu'il me dit de ces choses, je l'aime moins ; je le trouve de plus en plus ridicule ; il demande plus qu'il ne le devrait ; et, comme je ne sais que lui répondre, ses visites me sont désagréables. Que faire ? Je crains de ne pouvoir m'empêcher de le détester.

M. DE NANCÉ. — Non, chère petite ; il t'ennuie ; mais tu ne le détesteras pas, car tu penseras qu'il est l'ami de François... Tu prieras le bon Dieu de te rendre bonne et charitable ; et tu n'oublieras pas que tu vas faire ta première communion l'année prochaine.

CHRISTINE. — Et puis je penserai à vous et à François, pour vous imiter. La première fois que Maurice viendra, vous verrez, cher père, comme je serai bonne !

Les bonnes résolutions de Christine portèrent leur fruit ; Maurice crut voir que Christine l'aimait enfin comme il désirait en être aimé, et il devint plus gai et plus aimable pendant ses visites.

Un jour où François s'était rendu chez Maurice, toujours aussi dévoué, il avait trouvé son protégé fort triste ; ses parents lui avaient annoncé que, n'ayant pas été à Paris depuis près d'un an, leurs affaires s'étaient dérangées et les obligeaient à y aller passer un ou deux mois ; que, de plus, leur père était assez gravement malade et les demandait ; qu'il fallait s'apprêter à partir sous peu de jours, et qu'Adolphe entrerait au collège dès leur arrivée à Paris.

« Alors, dit Maurice, j'ai supplié maman de me laisser ici et de ne pas m'exposer à la honte, aux humiliations pénibles que je subirais à Paris. Maman, inquiète pour ma santé, ne veut pas me quitter, et pourtant elle est obligée d'aller à Paris pour ses affaires et pour mon grand-père. Il faut donc que je me laisse emmener, que je subisse toutes les peines que je prévois. Quel chagrin pour moi de quitter la campagne et ma vie calme et retirée ! Maman, me voyant si malheureux de ce voyage, m'a dit qu'elle ferait le sacrifice que je lui demandais, qu'elle me laisserait ici, et qu'elle se séparerait d'avec moi si nous avions dans le voisinage un parent ou un ami intime qui voulût bien me recevoir chez lui pendant un mois ou deux, et encore, à la condition que moi ou le médecin nous lui écrivions tous les jours pour la rassurer sur ma santé. C'est vrai que je suis plus malade qu'elle ne le croit, car je lui cache la plus grande partie de mes souffrances pour ne pas l'inquiéter davantage. Ce fatal voyage me tuera ! Et, par malheur, nous n'avons dans le voisinage aucun parent, aucun ami qui puisse me recueillir ! Oh, François, que je suis malheureux ! »

François, ne trouvant aucune parole pour consoler le pauvre Maurice, pleura avec lui. Il lui promit de lui écrire souvent ; il chercha à le rassurer sur sa santé et le laissa un peu moins abattu, mais bien malheureux encore.

François vint raconter à son père et à Christine le nouveau et vif chagrin du pauvre Maurice.

CHRISTINE. — Pauvre Maurice ! que pouvons-nous faire pour le consoler de sa douleur ?... Mon père, je crois que j'ai trouvé un moyen excellent de le rendre non seulement moins triste, mais heureux. François, devines-tu ?

François la regarda attentivement.

FRANÇOIS. — Je crois que j'ai trouvé.

Et il dit quelques mots à l'oreille de Christine.

CHRISTINE, *en riant.*— C'est ça, tu as deviné. À votre tour mon père ; vous ne devinez pas ?

M. DE NANCÉ. — Hem ! je crois que je devine aussi. Tu veux que je lui propose de venir ici avec nous. Soit, je m'associe à votre acte de charité, quoiqu'il ne me soit pas plus agréable qu'à Christine ; mais, comme elle, je supporterai les ennuis d'un malade étranger et je vaincrai mes répugnances.

François retourna le lendemain chez Maurice, et lui fit part de l'invitation de M. de Nancé ; le visage de Maurice exprima une telle joie, une telle reconnaissance, que François en fut touché. Il remercia François dans les termes les plus affectueux, et annonça le départ de sa mère pour le lendemain matin, parce qu'on avait reçu de mauvaises nouvelles de son grand-père.

MAURICE. — Je vais en parler à maman ; alors je viendrai le plus tôt possible. Mais, dis-moi, François, Christine ne sera-t-elle pas ennuyée de mon long séjour chez vous ?

FRANÇOIS. — Pas du tout, puisque c'est elle qui en a eu l'idée et qui l'a demandé à papa.

MAURICE. — Oh ! qu'elle est bonne ! Quelle bonne petite amie j'ai là !

François réprima un petit mouvement de mécontentement du vol que voulait lui faire Maurice de l'amitié de Christine. Mais il réfléchit que Christine n'avait pour Maurice que de la compassion, et que ce n'était qu'un acte de charité qu'elle exerçait envers lui.

— À demain, se dirent les deux amis.

François s'en retourna à Nancé un peu pensif ; il rencontra à moitié chemin Christine et son père qui venaient à sa rencontre.

M. de Nancé demanda des nouvelles de Maurice, pendant que Christine disait à François :

— Qu'as-tu ? tu es triste !

FRANÇOIS. — Oui, je suis fâché contre moi-même.

Et il raconta à son père et à son amie ce que lui avait dit Maurice.

CHRISTINE. — Et alors, tu es fâché contre lui, et tu as eu envie de lui dire que je n'étais pas son amie et que tu étais et serais mon seul ami, et que je ne l'aimerais jamais comme je t'aime ? Et puis, tu ne l'aimes pas ; tout comme moi, dit-elle vivement, en riant et en l'embrassant.

FRANÇOIS, *surpris*. — Tiens ! comment as-tu deviné ?

CHRISTINE. — C'est que cela m'a fait la même chose quand il m'a demandé de l'aimer comme je t'aime ; je le trouvais bête, je me sentais fâchée contre lui, et depuis ce temps je ne peux pas l'aimer pour de bon ; mais papa dit que ça ne fait rien, qu'on peut tout de même être bon et aimable pour lui, sans l'aimer.

FRANÇOIS. — Je crains que ce ne soit mal de ma part, papa ; c'est vrai que je ne l'aime pas. Et pourtant, il me fait pitié, je le plains ; mais je n'aime pas à le voir. Si j'y vais de plus en plus, c'est que je l'aime de moins en moins ; et c'est pour me punir de ce mauvais sentiment, que je fais plus pour lui que si je l'aimais.

M. DE NANCÉ. — Tu ne peux faire ni plus ni mieux, mon ami, car tu agis par charité ; tu fais donc plus et mieux que si tu agissais par amitié... Sois bien tranquille, et, quand il sera ici, continue à lui laisser croire que tu es son ami. Le bon Dieu te récompensera de ce grand acte de charité.

L'arrivée de Paolo interrompit leur conversation, que François reprit avec son père avant de se coucher. Ils dirent beaucoup de choses que nous n'avons pas besoin de savoir, et dont le résultat fut pour François une tranquillité de cœur complète, un redoublement de tendresse pour Christine et de compassion pour Maurice, qu'il résolut de traiter plus amicalement encore que par le passé. Le lendemain, Maurice arriva pâle et défait, les yeux rouges et gonflés, la poitrine oppressée. Le départ de ses parents lui avait causé une douleur profonde, malgré la promesse de sa mère de revenir dès qu'il y aurait une amélioration dans la santé de son grand-père. Quand il vit François et Christine qui accouraient au-devant de lui, il sourit, un éclair de joie illumina son visage ; il hâta le pas pour les joindre plus vite ; dans son empressement, une de ses jambes accrocha l'autre, et il tomba de tout son long par terre ; aussitôt un flot de sang s'échappa de sa bouche ; une veine s'était rompue dans sa poitrine. François et Christine coururent à lui pour le relever, et, malgré leur frayeur, ils n'en témoignèrent aucune, de peur d'effrayer Maurice.

— Va chercher papa ! dit François à l'oreille de Christine, qui partit comme une flèche.

Isabelle entendit le récit que fit Christine à son père ; elle prit une fiole d'eau de Pagliari, en versa une cuillère dans un verre d'eau, et se hâta d'arriver près de Maurice, auquel elle fit boire la moitié de cette eau : le vomissement de sang s'arrêta. Isabelle obligea Maurice à se mettre au lit ; les enfants vinrent le voir dans sa chambre.

MAURICE. — François, Christine, mes chers bons amis, je suis bien malade, je le sens... Je suis trop malheureux. J'ai demandé au bon Dieu de me faire mourir.

François et Christine s'assirent près du lit de Maurice et cherchèrent à le distraire en causant, avec M. de Nancé, de leurs projets d'hiver et de l'été prochain. Ils mêlaient toujours Maurice à leurs projets, pensant lui faire plaisir. Il souriait tristement ; à la longue, une larme, qu'il retenait, coula le long de sa joue.

MAURICE. — Je pense que je vous aurai quittés depuis longtemps quand le printemps arrivera... je crois que je n'ai plus longtemps à vivre. Depuis longtemps je me sens mourir, et je le cache à mes parents ; je les regrette amèrement, et pourtant je suis heureux d'être ici, parce que vous êtes tous si bons. Je voudrais faire ma première communion. Que dois-je faire ?

M. DE NANCÉ, *attendri*. — Mon pauvre garçon, il

faut vous soumettre à la volonté de Dieu ; vivre s'Il le veut, et ne pas vous préoccuper de la crainte de mourir. Il faut vous soigner comme on vous l'ordonne, offrir à Dieu les chagrins qu'Il vous envoie, et Lui demander du courage et de la patience. À présent, restez bien tranquille jusqu'à l'arrivée du médecin, que j'ai envoyé chercher. Isabelle ou Bathilde restera près de vous. Soyez calme, mon ami, et remettez-vous entre les mains du bon Dieu.

M. de Nancé sortit, emmenant François et Christine qui pleuraient et qui envoyèrent à Maurice un baiser d'adieu, auquel il répondit par un sourire.

FRANÇOIS, *avec anxiété.* — Le croyez-vous bien malade, papa ?

M. DE NANCÉ. — Je ne sais, mon ami ; il est possible qu'il voie juste en se croyant près de sa fin ; il est extrêmement changé et affaibli depuis quelque temps déjà. Aujourd'hui son visage est très altéré. Le départ de ses parents l'a beaucoup affligé.

FRANÇOIS. — Pauvre Maurice ! et moi qui ne l'aimais pas ! À présent, je l'aime réellement ; il me fait trop pitié.

CHRISTINE. — Et moi donc ! nous allons le soigner, n'est-ce pas, François ? Je suis comme toi, et je crois que je l'aime.

Quand le médecin arriva, il traita légèrement le vomissement de sang de Maurice ; il l'attribua à sa chute, et pensa que ce serait un bien pour le fond de sa santé ; il engagea Maurice à se lever, à manger, à sortir, à faire ce que lui permettraient ses forces. M. de Nancé lui demanda pourtant d'écrire à M. et Mme de Sibran pour les avertir de l'accident arrivé à leur fils. Cette consultation rassura tout le monde, excepté Maurice lui-même, qui persista à vouloir faire sa première communion.

M. de Nancé, n'y voyant que de l'avantage et ayant reçu l'autorisation de M. et Mme de Sibran, fit venir tous les jours un prêtre pieux et distingué, pour donner à Maurice l'instruction religieuse qui lui manquait. M. de Nancé lui-même développa, par son exemple et ses paroles, la foi et la piété de Maurice ; François lui racontait les pieuses impressions de sa première communion, et, un mois après son entrée chez M. de Nancé, Maurice faisait aussi sa première communion avec les sentiments les plus chrétiens et les plus résignés.

La faiblesse avait insensiblement augmenté, au point qu'il se soutenait difficilement sur ses jambes. Mais le médecin n'en concevait aucune inquiétude et attendait une guérison complète au retour du printemps. Peu de jours après sa première communion, il fut pris d'un nouveau vomissement de sang. M. de Nancé s'empressa d'écrire à M. et Mme de Sibran, en ne dissimulant pas sa vive inquiétude. La faiblesse de Maurice augmentait d'heure en heure. Dans l'après-midi, il demanda François et Christine.

MAURICE. — François, je ne veux pas mourir sans te demander une dernière fois pardon de ma méchanceté passée. Ne pleure pas, François ; écoute-moi, car je me sens bien faible. Quand je ne serai plus, prie pour moi, demande au bon Dieu de me pardonner ; aime-moi ; ton amitié a été ma consolation dans mes peines, elle a sauvé mon âme en me ramenant à Dieu. Que Dieu te bénisse, mon François et qu'Il te rende le bien que tu m'as fait. Et toi, Christine, ma bonne et chère Christine, qui m'as aimé comme un ami ; ta tendresse, tes soins ont fait le bonheur des derniers mois de ma triste et pénible existence. Que Dieu récompense ta bonté, ta charité, ta tendresse ! Que Dieu te bénisse avec François ! Oh ! M. de Nancé, ma reconnaissance est si grande, que je ne puis l'exprimer comme je le voudrais. Que Dieu...

Un nouveau vomissement de sang interrompit Maurice ; quand il revint à lui, il demanda le curé. Maurice reçut une dernière fois l'absolution et la sainte communion ; il demanda instamment l'extrême-onction, qui lui fut administrée.

Depuis ce moment, un grand calme succéda à l'agitation et à la fièvre ; il pria M. de Nancé, dans le cas où ses parents arriveraient trop tard, de leur faire ses tendres adieux et de leur exprimer ses vifs regrets de n'avoir pu les embrasser avant de mourir.

Il baisa le crucifix qu'il tenait sur sa poitrine, et il ne dit plus rien. Ses yeux se fermèrent, sa respiration se ralentit, et il rendit son âme à Dieu avec le sourire du chrétien mourant. M. de Nancé fit éloigner les enfants avec Isabelle, pour éviter l'impression de ces derniers moments ; lui-même resta près de lui à prier pour le repos de son âme.

Le lendemain, de grand matin, M. et Mme de Sibran, inquiets et tremblants, entraient précipitamment chez M. de Nancé. Il leur apprit avec tous les ménagements possibles la triste et douce fin de leur fils. Le désespoir des parents fut effrayant. Ils se reprochaient de n'avoir pas deviné le danger, de l'avoir abandonné le dernier mois de son existence, de l'avoir laissé mourir dans une famille étrangère.

MME DE SIBRAN. — Mon fils ! Si j'avais eu le moindre soupçon de la gravité de ton état, je ne t'aurais jamais quitté. Plutôt perdre toute ma fortune et la dernière bénédiction de mon père, que le dernier soupir de mon fils.

Ils restèrent longtemps près de Maurice sans qu'on pût les en arracher. M. de Nancé se rendit près d'eux et parvint à leur rendre un peu de calme en leur parlant de la douceur, de la résignation de Maurice, de sa tendresse pour eux, des efforts qu'il avait faits pour dissimuler ses souffrances, dans la crainte de les inquiéter et de les chagriner. Il leur parla de ses sentiments profondément religieux qui lui avaient fait désirer sa première communion. Isabelle les rassura sur les soins qu'il avait reçus, sur la tendresse que lui avaient témoignée M. de Nancé, François et Christine ; elle leur redit toutes ses paroles, toutes ses recommandations, et enfin elle leur représenta si vivement la triste vie qu'il était destiné à mener, et ses propres terreurs devant les misères et les humiliations qu'il pressentait, qu'ils finirent par comprendre que sa fin prématurée était un bienfait de Dieu qui l'avait pris en pitié.

Ils voulurent voir, remercier et embrasser François et Christine et ils pleurèrent avec eux près du corps de Maurice. Les jours suivants, M. de Nancé éloigna le plus possible les enfants de ces scènes de deuil. Paolo contribua beaucoup à distraire François et Christine de l'impression douloureuse qu'ils avaient ressentie.

PAOLO. — Que voulez-vous, mes sers enfants ? Le pauvre signor Maurice est mort comme ze mourrai, comme vous mourrez, comme le signor de Nancé mourra, un zour. Voulez-vous qu'il vive avec les zambes crossues ? Ce n'est pas zouste, ça ! Puisqu'il est heureux avec le bon Zésus et les petits anzes !

Paolo finit par les distraire. Après les obsèques de Maurice, M. et Mme de Sibran retournèrent à Paris, où ils avaient leur fils Adolphe et toute leur famille. À Nancé, on reprit la vie habituelle, tranquille et heureuse. Pourtant la mort de Maurice attrista pendant longtemps leurs soirées d'hiver.

Chapitre IX

SÉPARATION ET DÉSESPOIR

L'été suivant ramena M. et Mme des Ormes et la bande joyeuse et dissipée que M. de Nancé continua à éviter. Leurs relations avec Christine ne furent ni plus tendres ni plus fréquentes. Ils semblaient avoir entièrement abandonné leur fille à M. de Nancé. Cette position bizarre dura quelques années encore ; Christine arriva à l'âge de seize ans et François à celui de vingt.

Christine était devenue une charmante personne, sans être pourtant jolie ; grande, élancée, gracieuse et élégante, ses grands yeux bleus, son teint frais, ses beaux cheveux blonds, de belles dents, une physionomie ouverte, gaie, intelligente et aimable, faisaient toute sa beauté ; tout le monde la trouvait charmante. Son caractère et son esprit avaient tout le charme de sa personne ; l'infirmité de François, qui leur faisait éviter les nouvelles relations et fuir les réunions élégantes du voisinage, avait donné à Christine les mêmes goûts sérieux et le même éloignement pour ce qu'on appelle plaisirs dans le monde. M. de Nancé les menait quelquefois chez Mme de Guilbert et chez Mme de Sibran, mais jamais quand il y avait du monde. Une fois, il les avait forcés à aller à une petite soirée de feu d'artifice et d'illuminations chez Mme de Guilbert ; mais Christine avait tant souffert de l'abandon dans lequel on laissait François, des regards moqueurs qu'on lui jetait, des ricanements dont il avait été l'objet, qu'elle demanda instamment à M. de Nancé de ne plus l'obliger à subir ces corvées.

CHRISTINE. — Comment pouvais-je être gaie et m'amuser, mon père, pendant que François souffrait et que vous partagiez son malaise ? Je n'entendais autour de moi que des propos méchants, je ne voyais que des visages moqueurs ou indifférents. Ici c'est tout le contraire ; les paroles sont amicales, les visages expriment la bonté et l'amitié. Non, cher père, je voudrais ne jamais sortir d'ici.

M. de Nancé avait compris le tendre dévouement de sa fille ; il n'insista pas et l'embrassa en lui rappelant que le lendemain, il devait aller voir sa mère. Cette dernière défendait toujours les visites de Christine au château.

M. de Nancé alla voir M. et Mme des Ormes ; il leur représenta qu'il était obligé de mener son fils dans le Midi pour sa santé et pour d'autres motifs ; qu'il était impossible qu'il emmenât Christine avec lui, et que, malgré le vif chagrin que leur causerait à tous cette séparation, il la jugeait absolument nécessaire.

MME DES ORMES. — Je ne peux pas la reprendre, monsieur de Nancé ; que ferais-je d'une grande fille comme elle ? Je ne saurais pas m'en occuper, la diriger ; elle courrait le risque d'être fort mal élevée.

M. DE NANCÉ. — Ce ne serait pas impossible, madame, si vous ne vous en occupez pas ; mais il faut que vous preniez un parti quelconque, car enfin Christine a seize ans et elle est votre fille.

MME DES ORMES. — Elle est bien plus à vous qu'à nous. Christine n'a jamais eu de cœur, et c'est ce qui m'en a détachée. D'abord et avant tout, je ne veux pas d'elle chez moi ; ma maison n'est pas montée pour cela, et mon genre de vie ne lui conviendra pas.

M. DE NANCÉ. — Alors, madame, me permettrez-vous un conseil dans notre intérêt à tous ? Mettez-la au couvent pour deux ou trois ans. Le couvent des dames Sainte-Clotilde, qui est à Argentan, est excellent, madame.

MME DES ORMES. — Parfait ! admirable ! car je ne veux pas l'avoir à Paris ! C'est donc arrangé ! N'est-ce pas M. des Ormes ? Vous donnez, comme moi, pleins pouvoirs à M. de Nancé ?

M. des Ormes, plus que jamais sous le joug de sa

femme, consentit à tout ce qu'elle voulut, et M. de Nancé rentra chez lui le cœur plein de tristesse, pour annoncer à ses enfants la fatale nouvelle de leur séparation.

Au retour de sa visite, M. de Nancé fit venir François et Christine.

— J'ai une fâcheuse nouvelle à vous annoncer, dit M. de Nancé en les embrassant et en les prenant dans ses bras. Mes enfants, mes pauvres enfants, notre bonne et heureuse vie est finie ; il faut nous séparer... Ma Christine, tu vas nous quitter.

CHRISTINE, *avec effroi.* — Vous quitter ?... vous quitter ? Vous, mon père ? et toi, mon frère ? Oh non... non... jamais !

M. DE NANCÉ. — Il le faut pourtant, ma fille chérie : ta mère te met au couvent, parce que moi je suis obligé de mener François finir ses études dans le Midi, et que je ne puis t'y mener avec moi.

— Ma mère me met au couvent ! Ma mère m'enlève mon père, mon frère, mon bonheur ! s'écria Christine en tombant à genoux devant M. de Nancé. Oh ! mon père, gardez-moi avec vous !

François releva précipitamment Christine, la serra contre son cœur, et mêla ses larmes aux siennes. M. de Nancé tomba dans un fauteuil et cacha son visage dans ses mains. Tous trois pleuraient.

CHRISTINE. — Mon père, vos larmes, les premières que je vous aie jamais vu répandre, me disent qu'une volonté plus forte que la vôtre dispose de mon existence et me voue au malheur. J'obéirai, mon père, je penserai à vous ; je vous aimerai tant que je vivrai, de toute mon âme. J'ai été, grâce à vous deux, heureuse pendant huit ans. Si je ne dois plus vous revoir, j'espère que le bon Dieu aura pitié de moi, qu'Il ne me laissera pas longtemps dans ce monde.

— Comment pourrais-je vivre sans toi, ma Christine ? lui dit François en la regardant avec une tristesse profonde.

CHRISTINE. — Mon père, le bon Dieu viendra à notre secours ; Il nous réunira peut-être. Qui sait si cette séparation n'est pas notre bonheur à venir ?

M. DE NANCÉ. — Que Dieu t'entende, ma chère fille bien-aimée. Qu'Il nous réunisse un jour pour ne jamais nous quitter !

Le courage de Christine excita celui de François ; quand M. de Nancé vit ses enfants plus calmes, son propre chagrin devint moins amer. Il entra dans quelques détails sur leur existence future, encore animée par l'espoir de la réunion.

CHRISTINE. — On s'écrira bien souvent, n'est-ce pas, mon père ? n'est-ce pas, François ? J'espère qu'on n'est pas trop sévère dans ce couvent.

M. DE NANCÉ. — Non, ma fille ; la supérieure est une ancienne amie de ma femme ; elle est excellente et te donnera toute la liberté possible ; c'est pour cette raison que j'ai indiqué ce couvent à ta mère, de peur qu'elle ne te plaçât dans quelque maison inconnue et éloignée. Ici, du moins, tu auras ta tante de Cémiane, qui revient à la fin de l'année, après une absence de six ans. Il te restera aussi Isabelle car Paolo vient avec nous... mais nos cœurs seront toujours près de toi.

Les journées passèrent vite et tristement ; Paolo partageait les chagrins de Christine ; il cherchait à relever son courage.

PAOLO. — Qué diable ! deux ans sont bien vite passés !... ze vous le dis. Et dans deux ans vous ferez des cris de zoie : « vive Paolo ! »

CHRISTINE. — Je crierai : « vive Paolo ! » quand vous aurez obtenu de ma mère la permission pour moi de revenir près de mon père et de François.

PAOLO. — Eh ! eh ! ze ne dis pas non !

Christine ne put s'empêcher de sourire. Cet espoir et l'air d'assurance de Paolo la tranquillisèrent un peu, mais ce ne fut pas pour longtemps ; les préparatifs de départ qui se faisaient autour d'elle, et auxquels elle eut le courage de prendre part, la replongeaient sans cesse dans des accès de désespoir. À mesure qu'approchait l'heure de la séparation, ce père et ses enfants, si tendrement unis, semblaient redoubler encore d'affection et de dévouement.

Le jour du départ de Christine, les adieux furent déchirants. M. de Nancé voulut la mener lui-même au couvent, mais François restait au château avec Paolo. M. de Nancé fut obligé d'arracher la malheureuse Christine d'auprès de François pour la porter dans la voiture. La tête appuyée sur l'épaule de son père, Christine sanglota longtemps. Quand ils arrivèrent au couvent, Christine avait retrouvé assez de calme et elle

parla de l'avenir auquel elle ne voulait pas renoncer.

La supérieure était une femme distinguée et excellente. Mise au courant de la position de Christine par M. de Nancé, qui lui avait raconté ce que nous savons, elle reçut Christine avec une tendresse toute maternelle, et quand il fallut dire un dernier adieu à M. de Nancé, Christine tomba défaillante dans les bras de la supérieure.

Quand M. de Nancé fut de retour, il trouva François et Paolo pâles et silencieux.

M. DE NANCÉ. — Partons vite, mon cher enfant. Ce château sans Christine m'est odieux.

FRANÇOIS. — Oui, mon père ! il me fait l'effet d'un tombeau ! Le tombeau de notre bonheur à tous.

Les chevaux étaient mis, les malles étaient chargées. Les domestiques étaient d'une tristesse mortelle ; personne ne put prononcer une parole.

PAOLO. — Dans deux ans, mes amis, ze vous ramènerai vos bons maîtres, et vous serez bien zoyeux !

La voiture s'éloigna et disparut. La tristesse et la désolation régnèrent à Nancé comme au cœur des maîtres. Le voyage se fit et s'acheva rapidement ; mais ni l'aspect d'un pays nouveau ni les agréments d'une habitation charmante ni les distractions d'un nouvel établissement ne purent dissiper la morne tristesse de François et de M. de Nancé. Paolo réussit pourtant quelquefois à les faire sourire. Tous les jours arrivait une lettre de Christine, et tous les jours il en partait une pour elle. Peu de temps après leur arrivée dans les environs de Pau, un espoir fondé vint ranimer le cœur et l'esprit de

François et de son père. À partir de ce moment, l'attitude de Paolo devint triomphante ; son langage fut mystérieux comme ses allures. M. de Nancé parut heureux ; il ne s'attrista plus en nommant Christine, pour laquelle il éprouvait une tendresse de plus en plus vive. Mais il ne lui échappa aucune parole qui puisse expliquer le changement qui se faisait en lui. François aussi causa plus gaiement ; il ne parlait que de Christine et d'un heureux avenir. Leur correspondance continua active et affectueuse. Paolo, lui aussi, écrivit et reçut des lettres. Les mois se passèrent, les années de même ; enfin, après deux années de séjour à Pau, un jour, après avoir reçu une lettre de Christine et de Mme de Cémiane et en avoir longuement causé avec son père, François lui dit :

— Mon père, pouvons-nous parler à Christine aujourd'hui ? Je suis si malheureux loin d'elle !

M. DE NANCÉ. — Oui, mon ami, nous le pouvons. Paolo vient tout juste de me dire qu'il m'y autorisait et qu'il répondait de toi sur sa tête.

FRANÇOIS. — Mon père, écrivez et faites des vœux pour moi ; j'ai si peur.

M. DE NANCÉ. — Je suis fort tranquille, moi, mon ami ; comme pouvons-nous douter de ce cœur si rempli de tendresse ?

M. de Nancé n'était pourtant pas aussi calme qu'il le disait ; quand François fut parti, il se promena longtemps avec agitation dans sa chambre et relut plusieurs fois la lettre de Christine. Puis il se mit à écrire lui-même. Pendant qu'il était ainsi occupé, nous allons savoir ce qu'avait fait et pensé Christine pendant ces deux longues années.

Lorsque Christine se trouva seule avec la supérieure, qu'elle fut assurée de ne plus revoir M. de Nancé ni François, son courage faiblit et elle se laissa aller à un désespoir qui effraya la supérieure ; elle parla à Christine, elle la raisonna, l'encouragea, mais ses paroles n'arrivaient pas jusqu'au cœur désolé de Christine. Ne sachant quel moyen employer, la supérieure la mena à la chapelle du couvent.

LA SUPÉRIEURE. — Priez, mon enfant ; la prière adoucit toutes les peines.

Christine tomba à genoux et pria, non pour elle, mais pour François et son père. Quand la supérieure revint la prendre, Christine pleurait doucement ; elle était calme et elle suivit docilement la supérieure dans la chambre qui lui était destinée ; elle y trouva Isabelle, arrivée depuis quelques instants, qui lui donna des nouvelles du départ de François, de M. de Nancé et de Paolo ; elle lui redit les paroles de Paolo, lui peignit la douleur et l'abattement de François et de son père ; Christine trouva une grande consolation à se retrouver avec Isabelle, qui partageait ses sentiments douloureux et ses affections.

Les premiers jours se traînèrent péniblement. Six mois après, Mme de Cémiane revint chez elle ; son premier soin fut d'aller voir sa nièce et de lui mener Bernard et Gabrielle ; les deux cousines ne se reconnurent pas, tant elles étaient métamorphosées en six ans d'absence : Gabrielle était une fort jolie personne avec des yeux noirs et vifs, tandis que Bernard était devenu un grand garçon de dix-neuf ans, bon, intelligent et excellent musicien. Leur joie de revoir Christine réjouit un peu le cœur de la pauvre délaissée ; ils causèrent sans arrêter pendant une heure et demie que se prolongea la visite de Mme de Cémiane. Sa tante l'observait attentivement et avec intérêt :

MME DE CÉMIANE. — Ma pauvre Christine, qu'est devenu ton rire joyeux, ta gaieté d'autrefois ? Tu as le regard malheureux ; n'es-tu pas heureuse au couvent, mon enfant ? Je t'emmènerai tout de suite chez moi si c'est ainsi.

Christine embrassa sa tante et pleura doucement, mais amèrement, dans ses bras.

MME DE CÉMIANE. — Viens chez moi, mon enfant !

CHRISTINE. — Je vous remercie, ma bonne tante ; ce n'est pas le couvent qui fait couler mes larmes ; j'y suis aussi heureuse que je puis l'être, séparée de ceux que j'aime tendrement, passionnément, de ceux qui m'ont recueillie, élevée, aimée, rendue si heureuse pendant huit ans ! C'est M. de Nancé qui m'a placée ici, et j'y resterai tant qu'il le désirera. Je pleure leur absence ; loin de mon père et de mon frère, il n'y a pour moi que tristesse et isolement.

MME DE CÉMIANE. — Écoute, ma petite Christine. Je comprends ton chagrin, mais il ne faut pas l'augmenter par la vie d'ermite que tu mènes au couvent ; tu aimes Gabrielle et Bernard, ils t'aiment beaucoup ; ils se font une fête de t'avoir, et tu vas venir passer quelque temps avec nous. Je l'avais déjà demandé à ta mère, qui m'a dit de faire tout ce que je voudrais.

Quatre jours après, Mme de Cémiane, qui avait aussi écrit à M. de Nancé, vint enlever Christine et Isabelle au couvent. Christine avait reçu de son côté un consentement plein de tendresse de son père d'adoption ; il lui faisait des promesses les plus consolantes pour l'avenir, la suppliait de ne pas perdre courage, que l'heure de la réunion n'était pas si éloignée qu'elle le croyait.

Gabrielle et Bernard furent enchantés d'avoir leur cousine. Christine elle-même fut distraite de son chagrin par la gaieté de ses cousins, par les soins affectueux de son oncle et de sa tante ; elle retrouvait sans cesse des souvenirs de François et des jours heureux qu'elle avait passés avec lui dans son enfance. Gabrielle, voyant le charme que trouvait Christine à tout ce qui la ramenait à François et à M. de Nancé, et trouvant elle-même un vif plaisir à rappeler cet heureux temps, en parlait sans cesse ; elle questionna beaucoup Christine sur la vie qu'elle menait à Nancé, parlait de Paolo, de Maurice, demandait des détails sur sa maladie et sur sa mort.

CHRISTINE. — Ce qui est surprenant, c'est qu'on n'ait jamais su comment lui et Adolphe se sont trouvés tout en haut, dans une mansarde, pendant l'incendie du château des Guilbert.

GABRIELLE. — On le sait très bien. Adolphe l'a

raconté à Bernard. Tu sais qu'ils avaient si bien dîné, qu'ils se sont trouvés malades après et puis qu'ils étaient de mauvaise humeur ; ils sont restés au salon ; Maurice avait découvert un paquet de cigarettes oubliées sur la cheminée ; il engagea Adolphe à les fumer ; ils allumèrent leurs cigarettes et jetèrent les allumettes, sans penser à les éteindre, derrière un rideau de mousseline, qui prit feu immédiatement. Ne pouvant l'éteindre, et voyant s'enflammer la tenture de mousseline qui recouvrait les murs, ils furent saisis de frayeur ; il n'osèrent pas s'échapper par les salons et le vestibule, craignant d'être rencontrés par les domestiques et d'être accusés d'avoir mis le feu. Ils aperçurent une porte au fond du salon ; ils s'y précipitèrent ; elle donnait sur un petit escalier intérieur, qu'ils montèrent ; ils arrivèrent à une mansarde, où ils se crurent en sûreté, pensant que l'incendie serait éteint avant d'avoir gagné les étages supérieurs. Ce ne fut que lorsque les flammes pénétrèrent dans leur mansarde qu'ils cherchèrent à redescendre ; mais les escaliers étaient tout en feu, et ils se précipitèrent à la fenêtre en criant au secours. Je m'étonne que Maurice ne vous l'ait pas raconté pendant qu'il était chez vous.

CHRISTINE. — François s'était aperçu que Maurice n'aimait pas à parler et à entendre parler de ce terrible événement, et il ne lui en a jamais rien dit.

GABRIELLE. — Mais toi, tu aurais pu le questionner.

CHRISTINE. — Non ; François m'avait dit de ne pas lui en parler...

Chapitre X

DEUX DEMANDES EN MARIAGE

Christine trouvait dans l'amitié de Gabrielle et de Bernard, et dans l'affection compatissante de M. et Mme de Cémiane, un grand adoucissement à son chagrin ; elle voyait sans pcine comme sans plaisir quelques voisins de campagne que recevait souvent Mmc de Cémiane. Les Sibran y venaient très souvent. Adolphe prétendait être fort lié avec Bernard, Gabrielle et Christine, il faisait le beau, l'aimable, se moquait de tout le voisinage, et avait souvent des prises avec Christine, qui, toujours bonne, défendait vivement les absents et ripostait à Adolphe de manière à lui fermer la bouche. Elle ne supportait pas, surtout, qu'il se permît la moindre plaisanterie sur Maurice, dont elle prit une fois la défense avec tant de tendresse, de pitié, d'animation, qu'Adolphe fut atterré ; chacun blâma sa cruelle attaque contre un frère mort, et approuva la courageuse défense de Christine.

Ces querelles fréquentes, bien loin d'éloigner Adolphe de Christine, la lui rendirent au contraire plus agréable ; il vint de plus en plus chez Mme de Cémiane, s'occupa de plus en plus de Christine, qui restait froide et indifférente. Enfin, un jour, il pria Mme de Cémiane de lui accorder un entretien particulier, et, après quelques phrases polies, il lui demanda la main de Christine.

MME DE CÉMIANE. — Ce n'est pas moi qui dispose de la main de ma nièce, mon cher Adolphe, c'est elle-même avant tout ; ensuite, ce sont ses parents, et enfin, et dominant tout, c'est M. de Nancé, qu'elle a adopté pour père, et qu'elle aime avec une tendresse extraordinaire.

— Pour commencer par Christine elle-même, chère madame, ayez la bonté de lui parler aujourd'hui et de me faire savoir tout de suite où je dois adresser ma lettre de demande à M. et Mme des Ormes. C'est une pauvre fille abandonnée par ses parents, élevée par un étranger, avec un vilain bossu pour tout divertissement, enfermée ensuite dans un couvent ; elle sera trop heureuse qu'on veuille lui donner une position agréable et indépendante en l'épousant ; elle a de l'esprit, elle sera fort riche. Elle me plaît et je vous demande de m'aider, répondit Adolphe.

Adolphe baisa la main de Mme de Cémiane et s'en alla. Mme de Cémiane fit appeler Christine, à laquelle elle communiqua la demande d'Adolphe.

CHRISTINE. — Ayez la bonté de lui dire, ma tante, que je le remercie beaucoup de sa demande, mais que je la refuse absolument. Je ne l'aime pas, et je n'ai aucune estime pour lui.

— Avant de refuser, répondit Mme de Cémiane qui s'attendait au refus de Christine, écris à M. de Nancé. Songe à ta position, ma pauvre enfant. Je ne dois pas te dissimuler que ta mère a beaucoup dérangé sa fortune par ses dépenses excessives. Que deviendrais-tu si je venais à te manquer ? Tu ne veux pas te marier ?

CHRISTINE. — J'écrirai à M. de Nancé, ma tante, mais pour lui dire que j'aimerais mieux mourir que d'épouser Adolphe ou tout autre. Non mariée, je serai plus heureuse qu'avec un mari que je ne pourrais souffrir, je le sais.

MME DE CÉMIANE. — Comme tu voudras, j'écrirai de mon côté à M. de Nancé pour lui raconter notre conversation. Au revoir, ma petite Christine ; va faire ta lettre pendant que j'écrirai la mienne.

C'était cette lettre de Christine avec celle de sa tante que M. de Nancé lisait et à laquelle il répondait à la prière de François.

Peu de jours après cette demande d'Adolphe, Christine reçut la réponse qu'elle attendait avec impatience ; c'était bien M. de Nancé qui répondait. Elle baisa la lettre avant de la commencer, et lut ce qui suit :

« Ma fille, ma bien-aimée Christine, mon François, ton frère, ton ami, ne se sent plus le courage de vivre loin de toi ; il traîne ses tristes journées sans but et sans plaisir ; moi-même, malgré mes efforts pour dissimuler mon chagrin, je souffre comme lui de ton absence. Et toi, ma Christine, tu es malheureuse, je le sens, j'en suis sûr ; toutes tes lettres en font foi, malgré tes efforts pour paraître calme et gaie. François me sollicite aujourd'hui de te demander si tu veux mettre un terme à notre séparation ? Car de toi, de ta volonté, ma Christine, dépend tout notre bonheur à venir. Tu t'étonnes que j'aie l'air de douter de cette volonté ; mais laisse-moi te dire à quel prix, par quel sacrifice peut s'opérer notre réunion. J'ose à peine te l'écrire, ma chère enfant, si dévouée, si aimante !... Veux-tu devenir ma vraie fille en devenant la femme de mon François ? Veux-tu consacrer ta belle jeunesse, ta vie, au bonheur d'un pauvre infirme, vivre avec lui loin du monde et de ses plaisirs, t'exposer aux cruelles plaisanteries que provoque son infirmité ? La vie sera pour toi sérieuse et monotone, elle se continuera entre moi et ton frère ; notre tendresse en sera le seul embellissement, la seule distraction. J'attends ta réponse, ma Christine, avec une anxiété que tu comprendras facilement, puisque notre bonheur en dépend. Ce qui me donne du courage et l'espoir, c'est ce que tu nous dis aujourd'hui de la demande d'Adolphe, de ton refus, de ses motifs, qui nous ont remplis d'espérance... »

Christine eut de la peine à lire cette lettre jusqu'au bout, tant ses yeux obscurcis par les larmes déchiffraient difficilement l'écriture si chère de son père. Elle courut chez Isabelle et lui remit la lettre de M. de Nancé en lui disant :

— Lisez, Isabelle ; voyez ce que me demande mon père. Cher François, cher père ! ils vont revenir ! Je les reverrai, et nous ne nous quitterons plus jamais. Oh ! Isabelle ! Quelle vie heureuse nous allons mener.

Isabelle embrassa tendrement sa chère enfant et témoigna une grande joie de cet heureux événement, qu'elle n'osait espérer, malgré qu'elle y eût pensé bien des fois. Elle le dit à Christine :

— J'y avais déjà pensé et un jour, j'en ai dit quelques mots à M. de Nancé ; il me défendit d'en jamais parler à François ni à vous surtout. « Je ne veux pas, me dit-il, que ma pauvre Christine se sacrifie au bonheur de François et au mien ; elle est trop jeune pour comprendre l'étendue de son sacrifice ; il faut que François passe deux ans dans le Midi avec moi et Paolo, et que ma pauvre chère Christine arrive à dix-huit ans au moins avant que nous lui demandions de se donner à nous sans réserve. »

En sortant de chez Isabelle, Christine alla chez sa tante.

CHRISTINE, *en embrassant sa tante.* — Chère tante, voyez le bonheur que Dieu m'envoie ; lisez cette lettre de M. de Nancé.

MME DE CÉMIANE. — Tu vas accepter la demande de François ?

CHRISTINE. — Avec bonheur et reconnaissance, chère tante ; c'est la fin de toutes mes peines, le commencement d'une vie si heureuse, que je n'ose croire à sa réalité.

MME DE CÉMIANE. — Mais, chère enfant, as-tu réfléchi à ce que te dit M. de Nancé lui-même, des inconvénients d'unir ton existence à celle d'un pauvre infirme, objet des moqueries du monde, et... tu oublies qu'il te faut le consentement de tes parents. Veux-tu que je leur écrive si cela t'embarrasse ?

CHRISTINE. — Oh ! oui ma tante. Je vous remercie. Je pense au bonheur d'être la femme de François, la fille de M. de Nancé, au droit que me donnent ces titres de vivre avec eux, chez eux, toujours et toujours. Tout sera à nous tous ; nous ne quitterons jamais Nancé et nous n'entendrons pas les sottes plaisanteries et les méchancetés du monde. C'est dommage que Gabrielle et Bernard soient sortis ; j'aurais voulu leur faire voir tout de suite la lettre de mon père. Je vais vite lui répondre d'ailleurs.

Christine répondit à son père :

« Mon cher père, que je vous remercie, que vous êtes bon ! Vous voulez donc bien que je sois la femme de notre cher François ; vous voulez bien que je sois votre fille ? Et pourquoi mon père, m'avez-vous laissée toute seule à pleurer et à me désoler pendant deux ans ? Pourquoi vous et François, ne m'avez-vous pas demandé plus tôt ce que vous me demandez aujourd'hui ? Si je n'étais si heureuse, je vous gronderais, mon cher père, mais je n'ai que de la joie, du bonheur dans le cœur, et je n'ai pas le courage de gronder... Je n'ai même pas relu ce que vous me dites du prétendu sacrifice que je vous fais. Ce que vous appelez plaisirs du monde est pour moi d'un ennui mortel ; la vie que vous me décrivez est précisément celle que j'aime, que je désire ; votre tendresse à tous deux est mon seul, mon vrai bonheur, et je n'ai besoin d'aucune distraction à ce bonheur. Ce que vous dites de l'infirmité de François n'a pas de sens pour moi ; je l'aime comme il est ; je l'ai toujours aimé ainsi et je l'aimerai toujours. Avec vous et lui, je ne désirerai rien, je ne regretterai rien. Ne me quittez jamais, c'est tout ce que je vous demande en retour de ma vive tendresse. Si vous attendez ma réponse avec impatience, vous jugez avec quels sentiments je vous attends. Si je m'écoutais, j'irais moi-même porter cette réponse. Au revoir donc sous peu de jours, mon père chéri ; je n'appelle plus François que mon mari dans mon cœur, et je suis aujourd'hui sa femme dévouée et affectionnée. Bientôt je signerai Christine de Nancé. Que je serai heureuse ! Je vous embrasse, mon père, et François aussi. J'oublie que je n'ai pas encore le consentement de mes parents ; mais ça ne fait rien. Ma tante s'est chargée d'écrire et de l'avoir. »

Lorsque M. de Nancé reçut cette réponse de Christine, lui aussi eut les yeux pleins de larmes de joie et de reconnaissance ; la tendresse si dévouée, si absolue de Christine le toucha profondément. Il appela François et lui montra la réponse.

François en avait aussi les larmes aux yeux.

M. DE NANCÉ. — Je vais écrire à ta femme, pour lui annoncer notre départ. Va voir avec Paolo, en lui faisant part de ton mariage, quel jour nous pourrons partir.

François ne tarda pas à revenir suivi de Paolo, dont le visage resplendissait de joie.

PAOLO. — Après-demain matin à houit heures nous serons en route. Ze vais dire au valet de sambre de faire tous les paquets. Ze vais aussi tout préparer.

M. DE NANCÉ. — Croyez-vous François en état de partir ?

PAOLO. — François peut aller en Cine sans se reposer. Il est rézouissant à regarder. Ze vous dis que z'en réponds sur ma tête.

M. DE NANCÉ. — Tant mieux. Emballons, rangeons, et n'oublie pas les curiosités et les marbres destinés à Christine.

François ne se le fit pas dire deux fois, et après avoir écrit quelques pages de tendresse et de reconnaissance à Christine, lui, M. de Nancé et Paolo commencèrent leurs préparatifs de départ.

Pendant qu'à Pau, ils préparaient leurs paquets, Mme de Cémiane reçut une lettre de Mme des Ormes ; elle en fit part à Christine.

— Ma pauvre petite, j'ai une fâcheuse nouvelle à t'annoncer. Il s'agit de ta dot. C'est un malheur que je dois t'apprendre : tes parents ne te donnent pas de dot.

Ils sont ruinés et sont obligés de vendre les Ormes.

CHRISTINE. — Qu'est-ce que cela fait, ma tante ? M. de Nancé est assez riche pour nous trois.

MME DE CÉMIANE. — Quelle drôle de fille tu fais ! Ils vont s'établir à Florence, donc les Ormes qui devaient te revenir seront vendus.

CHRISTINE. — Je n'ai pas besoin des Ormes puisque je reste à Nancé. Je vais écrire à François le consentement de mes parents.

MME DE CÉMIANE. — Et leur ruine aussi.

Christine se retira chez elle et ouvrit avec répugnance la lettre de sa mère, dont elle n'avait jamais reçu que des paroles désagréables.

« Ma chère sœur, disait Mme des Ormes, Christine n'a pas le sens commun de vouloir épouser un bossu, elle ferait cent fois mieux de se faire religieuse. Ni mon mari ni moi, nous ne lui refusons pourtant notre consentement ; avec un mari bossu, il est clair qu'elle devra vivre à Nancé sans en sortir, ce qui convient parfaitement à son peu de beauté, à son petit esprit et à ses goût bizarres. Un autre motif nous fait donner notre consentement. J'ai eu le malheur d'être trompée par un homme d'affaires malhonnête, et nous nous trouvons ruinés, ou à peu près ; notre fortune actuelle payera nos dettes ; il nous restera la terre des Ormes, que nous vendrons à un marchand de bois, moyennant une rente ; mais Christine n'aura rien, ni dot ni fortune à venir. Nous sommes donc assez contents que M. de Nancé veuille bien prendre Christine à sa charge et qu'il l'empêche de revenir, en la mariant avec son pauvre petit bossu. Je vous enverrai demain notre consentement par-devant notaire, afin de ne plus entendre parler de cette affaire. Dès que la vente des Ormes, qui est en train, sera terminée, nous partirons pour la Suisse et puis pour Florence où j'ai l'intention de me fixer. Dites bien à M. de Nancé que Christine n'a et n'aura pas le sou. Adieu, ma sœur ; mille compliments à votre mari... Je n'ai pas même de quoi faire un trousseau à Christine. Dites-le.

Caroline des Ormes. »

Christine laissa tomber tristement la lettre de sa mère.

« Quelle indifférence ! Pas un mot, pas une pensée de tendresse pour moi, leur fille unique. Et ce bon M. de Nancé et ce cher François, si bons pour moi ! Quelle joie remplit mon cœur depuis que je suis certaine d'être à eux pour toujours ! »

Après avoir écrit à François, Christine se mit à écrire à M. de Nancé en lui envoyant la lettre de sa mère :

« Je ne sais pourquoi, ma tante a peur que la lettre de ma mère ne vous chagrine. Je suis bien sûre, moi, que vous n'en éprouverez aucune peine par rapport à moi. Je vous dois tout depuis huit ans, je continuerai à tout vous devoir, cher bien-aimé père ; bien loin de m'en trouver humiliée, j'en ressens plutôt du bonheur et de l'orgueil ; ma reconnaissance est plus solide et ma tendresse plus vive. Je suis votre création et votre bien, et je vous reste telle que vous m'avez reçue de mes parents. Quand donc reviendrez-vous, cher père ? Quand donc pourrai-je vous embrasser avec mon cher François. Que je voudrais savoir l'heure de votre retour ! Je vous embrasse, cher père, encore et toujours, avec mon cher François. J'embrasse aussi notre bon Paolo. »

Le lendemain du départ de cette lettre, elle reçut celle de François annonçant leur arrivée pour le jour suivant ; elle fit part à Isabelle de cette bonne nouvelle, et obtint de sa tante la permission d'aller à Nancé, avec Isabelle et Gabrielle, pour tout préparer au château, et ne revenir chez sa tante que le soir. Elle et Gabrielle furent enchantées de cette permission ; Bernard voulut aussi les accompagner, mais elles lui dirent qu'il les gênerait dans leurs occupations de ménage.

BERNARD. — Alors, je vais m'enfermer pour achever mon cadeau à François. C'est un secret et je ne vous dirai rien.

Christine, qui avait retrouvé toute sa gaieté, rit avec Gabrielle du prétendu mystère de Bernard. En arrivant dans la cour, Christine poussa un cri de joie ; elle avait aperçu le cuisinier.

CHRISTINE. — Mallar, vous voilà revenu. À quelle heure arrivent-ils demain ?

LE CUISINIER. — À deux heures, ils seront ici, mademoiselle.

CHRISTINE, *à Gabrielle.* — Allons, vite à l'ouvrage ; nous avons beaucoup à faire et pas beaucoup de temps.

Elles travaillèrent toute la journée à ranger les meubles, à mettre en ordre les affaires de M. de Nancé et de François, à orner le salon de fleurs, à découvrir et épousseter les bronzes et les tableaux de prix, à ranger et essuyer les livres, à faire marcher les pendules, etc. Les heures s'écoulèrent rapidement ; l'heure du dîner approchait. Christine emmena Gabrielle dans la bibliothèque, qui était le cabinet de travail de M. de Nancé.

CHRISTINE. — Que de fois nous sommes venus ici, François et moi, déranger notre père dans son travail. Quand je passais mon bras autour de son cou, il m'embrassait et me regardait si tendrement, que je me sentais si heureuse de rester là. Si tu connaissais François comme je le connais, tu ne songerais pas plus à son infirmité que je n'y songe, et tu l'aimerais comme je l'aime.

GABRIELLE. — Mais pense que tu ne pourras pas aller dans le monde avec un mari infirme.

CHRISTINE. — Je n'ai besoin de personne que de François et de mon père ; toi, Bernard et tes parents, vous ne comptez pas comme monde, et je vous verrai sans craindre les moqueries pour mon pauvre François.

Le dîner vint interrompre la conversation des deux cousines ; les domestiques restés au château avaient fait la grosse besogne, les chambres, les lits, etc. Le cocher reçut l'ordre de se trouver le lendemain à l'heure voulue au chemin de fer, et Christine retourna chez sa tante, heureuse et joyeuse de l'attente du lendemain ; elle s'attendait peu à la surprise qu'elle devait éprouver.

Chapitre XI

CONCLUSION : LA MÉTAMORPHOSE DE FRANÇOIS

Le lendemain si désiré arriva ; Christine, un peu pâle, les yeux un peu battus, parut au déjeuner, après lequel elle devait aller attendre M. de Nancé et François au château.

CHRISTINE. – J'ai mal dormi ; la joie m'a agitée ; je me sens un peu fatiguée.

Le déjeuner sembla long à Christine ; dès qu'Isabelle fut prête à l'accompagner, elle dit adieu à sa tante, à Gabrielle et à Bernard, et s'élança dans la voiture qui devait l'emmener. Ses yeux rayonnaient, son visage exprimait le bonheur ; arrivée à Nancé, elle ne voulut pas quitter le perron, de crainte de manquer le moment de l'arrivée ; l'attente ne fut pas longue ; la voiture parut, s'arrêta au perron, et M. de Nancé sauta à bas de la voiture et reçut dans ses bras sa fille, sa Christine, qui versait des larmes de joie.

CHRISTINE. — Mon père, mon père ! quel bonheur ! Et François, mon cher François, où est-il ? Oh ! mon Dieu ! François ! Qu'est-il arrivé ?

M. DE NANCÉ, *en l'embrassant.* — Le voilà, ton François ! Tu ne le vois pas ? Ici, devant toi.

Et, au même instant, Christine se sentit saisie dans les bras d'un grand jeune homme.

Christine poussa un cri, s'arracha de ses bras, et, se réfugiant dans ceux de M. de Nancé, regarda avec surprise et terreur.

FRANÇOIS. — Comment, ma Christine, tu ne reconnais pas ton François ? Tu le repousses ?

CHRISTINE. — François, ce grand jeune homme ?

FRANÇOIS. — Moi-même, ma Christine chérie, bien-aimée ! C'est moi, guéri, redressé par Paolo.

Christine poussa un second cri, mais joyeux cette fois, et se jeta à son tour dans les bras de François.

PAOLO. — Ah çà ! et moi ! Ze souis là comme oune buce, sans que personne me regarde et m'embrasse. Ma Christinetta oublie son cer Paolo !

— Mon bon, mon cher Paolo ! s'écria Christine en quittant François pour embrasser Paolo. Non, je n'oublie pas ce que je vous dois. Si vous saviez combien je vous aime ! quelle reconnaissance je me sens pour vous ! Oh ! François ! cher François ! mon cœur déborde de ce bonheur. Pauvre ami ! te voilà donc dépouillé de cette infirmité qui gâtait ta vie,!

FRANÇOIS. — Et que je bénis, ma sœur, mon amie, puisqu'elle m'a fait connaître les adorables qualités de ton cœur et le degré de dévouement auquel pouvait atteindre ce cœur aimant et dévoué.

CHRISTINE. — Dévouement ? ce n'était pas du dévouement ; c'était de l'affection, la reconnaissance la plus tendre et la mieux méritée ; je n'y avais aucun mérite ; j'aimais toi et ton père parce que vous avez été toujours pour moi d'une bonté constante, si pleine de tendresse, que je m'attendrissais en y pensant... Mais pourquoi, mon père, ne m'avez-vous pas dit ou écrit ce que faisait notre bon Paolo pour mon cher François ?

M. DE NANCÉ. — Parce que le traitement pouvait ne pas réussir, et que tu pouvais en éprouver du mécompte et du chagrin. Paolo avait inventé un système mécanique qui agissait lentement et qui pouvait ne pas avoir le succès qu'il en espérait. Je t'ai donc laissée au couvent, me trouvant dans la nécessité d'habiter un pays chaud pendant les deux années que devait durer le traitement de François.

CHRISTINE. — Et pourquoi ne m'avoir pas emmenée ?

M. DE NANCÉ — Parce que tu avais seize ans, que François en avait vingt, et que ce n'eût pas été convenable aux yeux du monde que je t'emmène avec moi.

CHRISTINE. — Ah oui ! le monde ! c'est vrai. Et avez-vous reçu ma lettre et celle de ma mère ?

M. DE NANCÉ. — Le matin même de notre départ, mon enfant. Tu nous as parfaitement jugés ; bien loin de regretter ta fortune, nous sommes enchantés de n'avoir d'eux que toi, ta chère et bien-aimée personne, et d'avoir même à t'offrir ta robe de noces.

Les premières heures passèrent comme des minutes. Quand il fut temps pour Christine de partir, M. de Nancé lui dit :

— Dans trois semaines nous te reprendrons pour toujours et tu viendras de nouveau habiter ici.

CHRISTINE. — Trois semaines, comme c'est long !

François ne répondit qu'en l'embrassant. Le domestique vint annoncer la voiture, et Christine partit avec Isabelle. Le lendemain, M. de Nancé vint présenter son fils à M. et Mme de Cémiane et à Gabrielle et Bernard stupéfaits. Paolo les accompagnait ; il voulait être témoin de l'entrevue. Christine était convenue la veille, avec François, son père et Paolo, qu'elle ne parlerait pas du changement survenu dans la personne de François. Les cris de surprise qui furent successivement poussés enchantèrent Christine, firent sourire M. de Nancé et François, et provoquèrent chez Paolo une joie qui se manifesta par des sauts, des pirouettes et des cris discordants. Gabrielle resta ébahie ; elle ne se lassait pas de considérer François, devenu grand comme son père, droit, robuste, le visage coloré, la barbe et les moustaches complétant l'homme fait.

GABRIELLE, *en riant.* — François, ne bouge pas, laisse-moi tourner autour de toi, comme nous l'avons fait, Christine et moi, la première fois que tu es venu nous visiter... C'est incroyable ! Droit comme Bernard, le dos plat comme celui de Christine ! Comme tu es bien ! Comme tu es beau ! Jamais je ne t'aurais reconnu ! Vraiment, Paolo a fait un miracle !

Ce fut une joie, un bonheur général ; Paolo, M. de Nancé et Christine étaient rayonnants. Pendant que les jeunes gens causaient, riaient, et que Paolo racontait à sa manière la guérison et le traitement de François, M. de Nancé causait avec M. et Mme de Cémiane du mariage, du contrat, et les rassurait sur la dot de Christine.

M. DE NANCÉ. — C'est moi qui me suis arrogé le droit de la doter, mes chers amis ; j'ai été son père adoptif ; je deviens son vrai père, et je partage ma fortune avec mes deux enfants, revenu et capital. Nous en aurons chacun la moitié ; le jeune ménage comptant pour un. Nous vivrons tous ensemble à Nancé ; le contrat de mariage lui donnera autant qu'à François. Je ne veux pas que son trousseau vienne d'un autre que moi.

Ce point décidé, M. de Nancé demanda encore la permission de presser le contrat de mariage, « afin, dit-il, de rentrer dans notre bonne vie calme, qui ne peut être heureuse qu'avec Christine. » M. et Mme de Cémiane consentirent à tout ce que désirait M. de Nancé. Il fut convenu que, jusqu'au jour du mariage, François et Christine passeraient leurs journées ensemble et que Christine resterait chez les Cémiane.

Au bout de quinze jours, M. de Nancé annonça que tout était en règle, que le contrat de mariage pouvait se signer le surlendemain, et le mariage avoir lieu le jour d'après. On fit les préparatifs de soirée chez Mme de Cémiane pour le contrat, auquel on engagea tout le voisinage. Paolo prépara des surprises de chant, des vers composés pour Christine, des bouquets, etc. Le jour du mariage, on devait dîner chez M. de Nancé, mais il demanda à n'engager que les Cémiane, selon le désir de ses enfants. La veille du contrat, Christine reçut un trousseau charmant, mais simple et conforme à ses goûts et à la vie qu'elle désirait mener.

Ce fut Paolo qui fut chargé de le lui remettre.

PAOLO. — Voyez ma Christinetta, comme c'est zoli ! Quelle zentille robe ! vous serez sarmante avec toutes ces dentelles, et tant d'autres soses.

La soirée du contrat commençait lorsqu'on apporta une caisse avec recommandation de l'ouvrir tout de suite, ce qui fut exécuté. Elle contenait un beau portrait de Christine, peint par Bernard pour François. Christine et François furent touchés de cette attention et en remercièrent tendrement Bernard.

François fut l'objet de la curiosité et de l'admiration générales ; Adolphe, qui eut l'audace d'accepter l'invitation, fut aussi étonné que furieux ; il espérait pouvoir se venger du refus de Christine en se moquant de son bossu, et il ne put qu'enrager intérieurement sans oser faire paraître son déplaisir. Le jour du mariage se passa dans un tranquille bonheur ; Christine, après la messe, fut emmenée par son père et François.

Arrivé à Nancé, ils trouvèrent le bon Paolo, qui, parti un peu avant, attendait les mariés à la porte avec tous les gens de la maison ; il embrassa la mariée, serra François dans ses bras, et fut serré à son tour dans ceux de M. de Nancé.

Christine fut emmenée par son père dans son nouvel appartement, arrangé et meublé élégamment et confortablement. Isabelle avait sa chambre près d'elle. Christine et François passèrent quelques heures à arranger avec Isabelle les petits objets de fantaisie dont leurs chambres étaient ornées ; entre autres, les marbres et albâtres que François avait apportés pour Christine. Elle se retrouva enfin à Nancé comme jadis chez elle, et pour ne plus en sortir.

À partir du jour de leur mariage, François et Christine jouirent d'un bonheur calme et complet, augmenté encore par celui de leur père. Il ne cessait de remercier Dieu de la douce récompense accordée aux soins paternels dont il avait fait l'objet constant de ses pensées. Paolo était aussi l'objet de sa reconnaissante amitié.

M. DE NANCÉ. — À vous, mon ami, je dois la grande, l'immense jouissance de regarder mon fils, de penser à lui sans tristesse et sans effroi de son avenir. Il n'est plus un sujet de raillerie ; il ne craint plus de se faire voir ; Christine aussi est délivrée de cette terreur incessante d'une humiliation pour notre cher François. Je vous aime sincèrement, mon cher Paolo !

Paolo demanda à M. de Nancé la permission de repartir car il avait envie de revoir sa patrie.

M. de Nancé l'autorisa à partir et lui paya son voyage. L'absence de Paolo dura deux mois ; à la fin du premier mois, il écrivit à M. de Nancé :

« O signor de Nancé ! qu'ai-ze fait ! Voilà signor. Z'ai retrouvé oune zeune amie que z'aimais et que z'aime parce qu'elle est bonne comme Christinetta ; cette pauvre amie n'a rien que du malheur ; elle me fait pitié et moi ze loui dis : « cère zeune amie, voulez-vous être ma femme ? » zouste comme notre cer François à Christinetta ; et la zeune amie se zette dans mes bras et me dit : « ze serai votre femme ». Et moi, ze n'ai pas pensé à vous, excellent signor ; et ze ne veux pas vivre loin de vous, et ze ne veux pas laisser ma femme à Milan. Alors quoi faire, signor ? Ze souis au désespoir, ze vous embrasse, et z'embrasse mon François céri et ma Christinetta bien-aimée ; conseillez votre pauvre Paolo et sa zeune amie.

Paolo Perroni. »

M. de Nancé s'empressa de faire voir cette lettre à ses enfants. Ils décidèrent de commun accord de faire venir Paolo à Nancé avec sa jeune amie et de les garder.

M. de Nancé écrivit à Paolo de se marier vite et de leur amener sa jeune amie, qui resterait à Nancé toute sa vie si elle le voulait, et que M. de Nancé et François lui donnaient, pour cadeau de noces, une rente de trois mille francs.

Le bonheur de Paolo fut complet ; un mois après, il présenta sa jeune épouse à ses amis ; Christine trouva en elle une jeune compagne aimable et dévouée ; elles convinrent que si Christine avait des filles, Mme Paolo (qui s'appelait Eléna) l'aiderait à les élever.

Elle eut, en effet, deux filles et deux garçons ; tous ces enfants répandirent la gaieté et l'entrain dans le château de Nancé, dont les habitants vécurent tous plus heureux que jamais.

M. des Ormes, abruti, hébété par le joug de sa femme, mourut subitement peu d'années après le mariage de Christine. Il lui avait écrit à cette occasion une lettre assez affectueuse et lui promettait d'aller la voir ; mais il n'accomplit pas cette promesse et se contenta de lui écrire tous les ans. Sa femme, vieille et plus laide que jamais, continua à se croire belle ; elle donna encore des dîners et des soirées. Elle se sentit vieillir malgré ses efforts pour paraître jeune ; personne ne l'aimait et elle détestait tout le monde.

Mme de Guilbert vint un jour à Nancé annoncer à Christine le mariage de sa fille Hélène avec Adolphe. Ce fut un triste ménage. Hélène aimait le monde, les bals, les concerts et les spectacles ; Adolphe aimait le jeu et y perdit une partie de sa fortune, se battit en duel, y fut blessé et périt misérablement des suites de sa blessure.

Cécile se maria avec un banquier qui lui apporta de l'argent, et qui la rendit malheureuse par son caractère brutal et emporté.

Gabrielle épousa un jeune député plein d'intelligence et de bonté ; elle fut très heureuse avec son mari et continua à venir passer tous les étés chez sa mère à Cémiane, et à voir Christine et François.

Bernard ne se maria pas ; il aima mieux aider son père à cultiver ses terres. Il s'occupait de musique et de peinture et passait presque tous ses hivers à Nancé ; Christine et François étaient d'excellents musiciens, de sorte que tous les soirs, ils faisaient de la musique qui ravissait M. de Nancé.

Un jour que Christine questionnait affectueusement Bernard sur la vie qu'il menait, il lui répondit :

— Christine, quand je t'ai connue, à notre retour de Madère, je me suis dit que je ne serais heureux qu'avec une femme semblable à toi, bonne, pieuse, dévouée, intelligente, gaie, raisonnable, charmante enfin. Je ne l'ai pas trouvée et ne la trouverai jamais. Voilà pourquoi je reste garçon et je suis sans cesse à Nancé.

Christine l'embrassa pour toute réponse et fit part de l'explication à François et son père, qui l'en aimèrent plus tendrement.

Isabelle resta encore chez ses enfants : elle soigna et éleva tous leurs enfants : elle fut heureuse.

Mme de Sibran est morte peu après la triste fin du malheureux Adolphe, tandis que M. de Sibran s'est fait capucin, bourrelé de remords de l'éducation qu'il avait donné à ses fils.

Quant à Christine et François, ils ne se lassèrent pas de leur bonheur ; ils ne se quittèrent jamais.

Table des matières

ISBN : 2-8006-6751-6
Dépôt légal : 02.99/0058/030

Imprimé en C.E.
N° d'impression : 38789812